Instruções para um recomeço

Bonnie Pipkin

Instruções para um recomeço

Tradução de **Henrique Guerra**

ns
São Paulo, 2021

Instruções para um recomeço
Aftercare Instructions
Copyright © 2017 by Bonnie Pipkin. Published by arrangement with Folio Literary Management, LCC and Agência Literária Riff.
Copyright © 2021 by Novo Século Editora Ltda.

EDITOR: Luiz Vasconcelos
COORDENAÇÃO EDITORIAL: Equipe Novo Século
TRADUÇÃO: Henrique Guerra
DIAGRAMAÇÃO: Nair Ferraz
REVISÃO: Daniela Georgeto • Vitor Donofrio
CAPA: Brenda Sório

Texto de acordo com as normas do Novo Acordo Ortográfico da Língua Portuguesa (1990), em vigor desde 1º de janeiro de 2009.

Dados Internacionais de Catalogação na Publicação (CIP)

Pipkin, Bonnie
Instruções para um recomeço / Bonnie Pipkin; tradução de Henrique Guerra;
Barueri, SP: Novo Século Editora, 2021.

Título original: *Aftercare Instructions*

1. Ficção norte-americana 2. Adolescentes – Ficção I. Título II. Guerra, Henrique

18-1731 CDD-813.6

Índice para catálogo sistemático:
1. Ficção norte-americana 813.3

NOVO SÉCULO EDITORA LTDA.
Alameda Araguaia, 2190 – Bloco A – 11º andar – Conjunto 1111
CEP 06455-000 – Alphaville Industrial, Barueri – SP – Brasil
Tel.: (11) 3699-7107
www.gruponovoseculo.com.br | atendimento@gruponovoseculo.com.br

Para Jesse e Peggy, meus pais maravilhosos.

Preparativos

Alguns avisos que dão a você:
- Não é permitido comer nem beber no período de seis horas que antecede a consulta.
- Se você receber sedação consciente endovenosa, garanta uma carona para casa ou providencie um acompanhante para o transporte público.
- Use roupas folgadas e confortáveis, sapatos rasteiros e meias. Traga um conjunto extra de roupas íntimas e um suéter ou moletom.
- Traga identidade com foto e o cartão do seguro de saúde, se estiver planejando usar o seguro. O pagamento integral é arrecadado na hora da visita.
- Você pode trazer um(a), e apenas um(a), acompanhante ao centro de saúde. O(a) acompanhante deve aguardar na sala de espera designada e não pode entrar no centro médico com você.

O aviso que ninguém me deu:
- "Eu te amo" não vem com nenhuma garantia.

Escolhas

Às vezes, uma escolha que você faz tem o poder de salvar a sua vida. Talvez você faça a sua escolha por um motivo, antes que o real motivo fique claro. Como hoje de manhã, quando recusei a sedação. O motivo? É que eu queria sentir tudo. Eu queria sentir a minha escolha enquanto ela saía de meu corpo. Na realidade, eu nem sabia que isso iria fazer toda a diferença do mundo quando o meu acompanhante, o meu único acompanhante, vazou no meio do procedimento. Descobri ao entrar na sala de espera e ver um mar de olhos esperançosos e não encontrar um só rosto familiar ou protetor. Naquele instante, fui jogada em águas profundas, bem profundas. E nas águas profundas, bem profundas, não tem como respirar.

Não sei como, mas algo nos impulsiona adiante. Instinto de sobrevivência, acho que é assim que o pessoal chama.

Você consegue. É só dar um jeito de chegar ao terminal de ônibus Port Authority. Você já fez isso antes, quando a Rose queria comprar aqueles ridículos vestidos de dança no bairro SoHo. Você já fez isso quando foi visitar a Delilah. Você dá um jeito de ir para casa. Para voltar, precisa seguir em frente. Só seguir em frente.

Atravesso a rua e paro. Pego o meu celular e descubro a tela preta. Branca. Pressiono a tela como se pudesse arrancar dela uma mensagem de Peter. Uma mensagem me informando que ele está voltando para me buscar. Que ele só teve de ir bem rapidinho buscar algo, uma voltinha para resolver uma coisa, e que ele pede desculpas se deu outra impressão. E que ele *me ama*. E que talvez um dia estejamos prontos, mas que fizemos a escolha certa neste exato instante. E que ele vai estar aqui e me apoiar, para o que der e vier. O que der e vier... Não importa que nossas vidas sejam tão diferentes, e não importa que eu não tenha ninguém para me oferecer orientação. Que ele está aqui para me dar força enquanto tento resolver essa confusão.

Mas nada aparece.

E agora tenho que descobrir como voltar para casa. Sem sedação, sem acompanhante. Só eu e o meu conjunto extra de roupas íntimas.

Só uma coisa ecoa em meu cérebro: *Você não precisa fazer isso, Genesis. Existem outras opções.*

Mas eu afasto essas frases, pois ele sabe por que eu tive que fazer isso. Eu me expliquei, não me expliquei? E, de qualquer forma, fiz a escolha pensando em *nós*, não em *mim*. Eu afasto e afasto a nossa conversa bem lá para o fundo da parte mais cinzenta de meu cérebro e me lembro de que ainda estou parada na esquina das ruas Bleecker e Mott, em Manhattan, na frente do prédio da Planned Parenthood. E de que a minha bota tem um buraco no couro, que eu gostaria mais do que nunca de ter levado para o sapateiro remendar.

O zunzunzum das vozes no concreto se mescla ao zunido dos táxis velozes. Três manifestantes solitários fumam cigarros com luvas sem dedos, com seus cartazes escorados no prédio. Em Jersey, o cenário é bem diferente. Esse é um dos motivos de termos vindo aqui esta manhã. É mais anônimo, imagino. Mais fácil de passar despercebida. De não topar com nenhum conhecido.

Fico olhando uma garota sair do prédio com sua acompanhante. Ela estava comigo na sala de recuperação. Aonde nos levaram de carrinho e nos deixaram sangrar e cochilar até ficarmos prontas para sair caminhando por conta própria. A garota e sua acompanhante têm os mesmos cabelos selvagens e olhos fundos. Só pode ser a mãe dela, e eu tento imaginar meus familiares me ajudando, me acompanhando. Mas não consigo visualizar nem a mais tênue imagem disso. Não mais.

– Tudo bem contigo?

Agora ela está parada em minha frente. Será que eu pareço abandonada? Será que eu pareço perdida? Será que eu pareço estar precisando de ajuda? Vejo um pedaço da meia formando uma saliência para fora da bota.

– Acho que sim.
– Onde está sua carona?
Eu não respondo.
– Para onde você está indo?
– Nova Jersey, eu acho.
– Bem, você conhece o caminho?
– Eu dou um jeito. Vou ficar bem.

Ela se desvencilha do braço da mãe e se aproxima de mim. Fixo o meu olhar no chão, sem saber por que estou recusando a ajuda dela.

– Aqui – diz ela. – Abra suas mãos.

Eu sigo as instruções enquanto ela enfia a mão em sua bolsa preta caída. Dá para notar fragmentos do vinil se descascando.

– Daqui em diante, vou ficar bem – murmuro.
– Eu sei. Já escutei você. Aguenta aí.

Eu deixo as mãos abertas como uma idiota, enquanto ela mexe e remexe o conteúdo.

– Ah, aqui está.

E nisso ela larga um punhado de pirulitos em minhas mãos.

– Eram grátis – diz ela com a boca meio torta. Sua mãe-acompanhante balança a cabeça e sorri. Eu seguro as lágrimas ardentes em meus olhos, digo "obrigada" e permaneço cabisbaixa enquanto elas vão embora a pé.

Então digito o endereço de minha prima no aplicativo de mapa do celular. Acho que não estou longe de seu dormitório universitário. Eu deveria era ter combinado que ela me encontrasse aqui. Ou Rose. Mas como é que eu iria saber que ele simplesmente me abandonaria?

Eu obedeci às condições dele. Não contei a ninguém. Nem uma pessoa sequer. Mesmo me sentindo dilacerada por isso. Mesmo quando comecei a sentir enjoos, e comecei a inchar, e tive que inventar desculpas para as pessoas que notavam. Guardei comigo. E segurei firme. Como ele queria.

ITINERÁRIO:
14 minutos. Visão geral da rota. 1,1 km

Ande 800 metros e depois vire à direita na Rua Macdougal. Ande mais 300 metros e você vai chegar ao seu destino.

Parece bem fácil. Nenhuma quebrada oculta. Nenhuma passagem secreta. Só andar em linha reta, dobrar uma esquina e chegar. Esse é o tipo de instrução com o qual consigo lidar. Se eu tiver que pensar mais do que isso, corro o risco de derreter e congelar nas rachaduras da calçada.

O vento chicoteia entre os arranha-céus e me golpeia enquanto caminho. Passo diante da banca de falafel onde a Del me levou uma vez, e o cheiro de comida frita e cebolas faz meu estômago revirar. A fila sai pela porta e se estende pela quadra. Mesmo no auge do inverno. Enfim avisto o prédio no Washington Square Park com a bandeira roxa da NYU pendurada na frente, como se fosse o meu farol luminoso.

No saguão do dormitório de Delilah, um porteiro grisalho, cansado, trajando um uniforme com o nome "Hunnigan" em seu crachá, está sentado num banquinho atrás do balcão. Ele está fazendo palavras cruzadas e ouvindo um suave jazz no rádio. Ergue o olhar quando eu me aproximo, mas não diz nada.

— Eu gostaria de visitar a Delilah Reese.

Ele tira os óculos e os deixa cair sobre a barriga, presos à corrente envolta no pescoço.

— Ela precisa autorizar a sua entrada.

Ele aponta uma placa atrás de sua cabeça onde se lê exatamente isso. E também está escrito que preciso deixar a minha identidade na recepção, e eu agradeço mais uma vez pelas instruções preparatórias de hoje. Mostro a ele o documento.

— Ela tem que descer, querida. Não posso deixar ninguém subir sem um residente.

As palavras se anuviam, sinto uma leveza na cabeça e um peso nos pés. É como se todo o meu sangue estivesse sendo drenado de meu corpo pelo chão. A música vira um chiado, um sibilo. Eu me seguro no balcão do porteiro para me equilibrar.

— Tudo bem contigo?

De novo essa pergunta. E como responder a ela? Sei que não devo ficar sozinha neste instante. Que preciso de alguém.

Faço que sim com a cabeça. E vou me sentar no sofá encostado sob o peitoril da janela.

Eu ligo para Delilah, mas cai na caixa postal.

Estou prestes a me afogar na minha bile estomacal. Cadê ela?

Cadê *ele*?

Eu ligo para ele. Peter.

Caixa postal.

Mas fico sem voz, então desligo sem deixar mensagem.

Depois ligo para ele de novo.

Caixa postal.

Droga. Droga. Droga. Ele simplesmente sumiu? Foi embora deste planeta? Foi embora do planeta Genesis e Peter em que montamos acampamento e habitamos por um tempinho feliz? Onde construímos nossa própria atmosfera e estávamos trabalhando para torná-lo um lugar muito bonito? Eu gostava de nosso planeta. Agora estou perdida no espaço. Sem som. Sem ar.

Ligo para ele mais uma vez. Você sabe o resultado. Mas enquanto escuto a mensagem gravada, o telefone vibra em meu ouvido. Um texto. Será que eu quero ver o que ele tem a me dizer?

É Delilah: *Tudo bem? Em aula. Não posso atender.*

Abro um sorriso ao imaginá-la digitando escondida uma mensagem na aula de filosofia ou história da poesia de rua ou onde quer que ela possa estar.

Eu: *Em seu dormitório. Preciso de você.*

Delilah: *Saio às 10. E 10 min. a pé. Pode esperar?*

Eu: *Sim*

Eu acho.

Já cheguei até aqui sem desmaiar. Ela nem me pergunta o que está acontecendo. Se perguntasse, eu não saberia como desembaraçar esse nó dentro de mim e transformá-lo em palavras.

Eu me enrodilho na almofada e me apoio na fria condensação da janela, dobrando os joelhos junto ao peito.

Duas moças vestidas de modo parecido, com óculos de armação preta e suéteres listrados, param diante da porta e colocam os casacos. A mais baixinha fala pelos cotovelos e está conversando com a outra sobre uma audição. A outra, com estática no cabelo, garante que a amiga fez um trabalho incrível e que certamente vai ganhar o papel, e a tagarela está choramingando que é uma fraude total e que um dia alguém vai perceber.

Atrizes. Era uma vez um tempo em que eu também me considerava atriz.

Elas se concentram num carinha de chapéu marrom com orelhas de animal e botas de borracha. A menina chorona afaga as orelhas falsas e ronrona nas verdadeiras. Hunnigan pede que o trio se afaste de seu balcão.

Participei de minha primeira peça teatral aos doze anos. Foi uma façanha, pois eu era a única criança no espetáculo. Não que fosse um grande papel ou coisa parecida, mas foi o primeiro. Eu aparecia em duas cenas, duas sequências de sonho. O diretor era um viciado em álcool e o ápice de sua carreira foi fazer o vilão que estrebucha no filme *Morte súbita*, quando Jean-Claude van Damme crava no pescoço dele um osso de galinha. Não sei se eu deveria mesmo assistir àquele filme, mas em minha casa nunca houve muitas restrições. Acho que foi por isso que meu pai me deixou participar daquela peça, com um fracassado vilão cinematográfico num centro de teatro comunitário. Sem restrições. Meu pai me levava aos ensaios e me esperava numa cafeteria na mesma rua. Ele conhecia Brad, o diretor, provavelmente dos encontros, mas ele não interferia. Não encarnava o papel de pai. Mas ficava muito orgulhoso. Realmente queria uma das filhas no mundo das artes, do teatro ou da música. Sua empolgação pulsava sempre que eu entrava no carro após o ensaio. Ele se segurava para não me encher de perguntas, mas tamborilava os dedos no volante, esperando por um relatório.

Seja lá como for, o tal diretor maluco era chegado numa meditação. Nós aquecíamos com um exercício de respiração e metade do elenco caía no sono, mas eu sempre gostei de desligar minha mente. Depois, eu nunca mais meditei. E parei com o negócio de teatro depois que meu pai morreu. Não conseguia me imaginar atuando sem ver o rosto dele na plateia.

Talvez eu também me sinta uma fraude.

Tentando recordar as técnicas de meditação que Brad nos ensinou, murmuro comigo que não estou no saguão embaçado de um dormitório universitário. Estou sozinha com meus pensamentos. Ou melhor. Pensamentos, não. Estou no topo de uma montanha. Só ouço o som constante e estável do vento.

Só que, no topo dessa montanha, não paro de pensar em como é que vim parar aqui. Toda a subida até aqui. E em quem não está aqui comigo.

Exatos vinte minutos depois, Delilah está na minha frente no saguão. Eu me debruço nela enquanto ela registra a minha entrada e me conduz de elevador ao décimo oitavo andar. Sem fazer qualquer pergunta, me aconchega na cama e eu durmo um sono escuro e sem sonhos.

Lugar seguro.

Mente desligada.

ATO I

Cena 1

(Esta cena acontece no MORNING THUNDER CAFÉ, badalado ponto de encontro para curtir após as aulas.
Ao abrir das cortinas, duas adolescentes podem ser vistas numa cabine. A decoração tem uma vibe meio anos 1950. As moças são descoladas, de um estilo alternativo. Não exageradas, mas também não convencionais. GENESIS tem uma vibe um pouco mais sombria. ROSE tem um ar mais sensual.)

GENESIS

Conhece o Peter Sage?

ROSE

Como assim? Claro, sua boba. Todo mundo conhece.

GENESIS

Sei, mas, tipo, conhece ele mesmo? Já conversou com ele?

ROSE

O que é que você quer saber sobre ele?

GENESIS

Bem, eu quero dizer, hããã...

ROSE

Quer dizer, hããã?

GENESIS

Deixa pra lá. Esquece.

ROSE

Fala!

GENESIS

Tá bem. Ele... tem namorada?

ROSE

Peter Sage? Com uma namorada? Os pais dele são meio doidos, fanáticos por religião. Não deixam o cara sequer falar com uma garota! Que dirá deslizar a mão na blusa dela.

GENESIS

Ele fala com as meninas.

ROSE

Sim, na hora de estudar a Bíblia. E naquele assustador círculo de oração matinal em frente à escola.

GENESIS

Ele não faz parte do círculo de oração.

ROSE

(Erguendo as sobrancelhas.)

O quê?! Você prestou atenção?

GENESIS

Ele não é assim. Quero dizer, não é como Mitch Jennings, Hannah e toda aquela gente.

ROSE

Por que todo esse interesse, mocinha? Será que alguém tá um pouquinho apaixonada?

GENESIS

Não! Sem essa. Cai na real. Peter não gosta de moças como eu.

> (GARÇONETE com vestido vintage larga uma montanha de batatas fritas com queijo e duas Cocas. ROSE se atraca. GENESIS brinca com seu canudinho.)

ROSE

(Com a boca cheia de batatas fritas.)

Moças como você? Você é a melhor moça que existe. Perfeitamente respeitável.

GENESIS

Com uma bagagem meio pesada.

ROSE

Tá brincando? Os rapazes adoram uma bagagem. Além do mais, a sua bagagem é do tipo mistério completo. Eu que preciso de uma bagagem.

GENESIS

(Pega uma batata frita, mas não come.)

Acha que ele só gosta de moças que são... Cristãs?

ROSE

Sei lá. Bem provável.

GENESIS

É.

ROSE

Fala sério, você sente uma queda por ele ou algo assim?

GENESIS

Eu?

ROSE

Não, a sua amiga imaginária aí do lado.

GENESIS

Somos de mundos diferentes.

ROSE

Isso não é uma resposta.

GENESIS

Não sei.

ROSE

Ai, meu Deus! É verdade! Você gosta dele! Escutai o canto dos anjos anunciando! Até que enfim parou de gostar de Will, o doidão valentão vacilão!

GENESIS

Will não é um vacilão.

ROSE

Ok, é só doidão e valentão. Dá um tempo.

GENESIS

Ele não é!

ROSE

Nem sexy ele é. Ah, mas que boa notícia! Até que enfim virou página de William Fontaine!

GENESIS

Não "virei" a página. Você precisa "estar" na página pra "virar" a página.

ROSE

Você estava.

GENESIS

Não, eu não estava. Temos uma amizade antiga. Foi fácil, só isso.

ROSE

Isso torna a coisa ainda mais nojenta.

GENESIS

Nojenta por quê?

ROSE

Porque, se é assim, ele é meio que nem um irmão.

GENESIS

Sobre isso, eu não sei. O que é que você faz com o seu irmão, Rose?

ROSE

Com certeza não o que você fez com Will em plena praia!

GENESIS

Só nos beijamos!

ROSE

(Tapa os ouvidos com as mãos.)

Lá-lá-lá-lá-lá. Não aconteceu se eu não ouvi você.

GENESIS

Por que é nojento quando eu beijo um cara e quando você beija não é?

ROSE

Eu não beijo apenas, minha amiga.

GENESIS

Sim, eu sei. Pare de se gabar.

ROSE

Você sabe que é verdade. Mas você consegue coisa muito melhor do que Will Fontaine. O mais incrível é que ele não fez de você uma mulher desonesta.

GENESIS

Bem que ele tentou.

ROSE

Sim, eu sei. Que nojo.

GENESIS

Quem falando? Andy Santos?

ROSE

Lá-lá-lá-lá. Não aconteceu!

(As duas amigas dão risada.)

GENESIS

Hoje de manhã, Peter me puxou para o lado e me falou que estava contente por eu ter voltado à escola.

ROSE

Eu estou contente por você ter voltado à escola. Tive que sobreviver sozinha por duas semanas entre lerdos e babacas.

GENESIS

Claro que você está contente. Mas por que Peter estaria contente? Nem sequer somos amigos.

ROSE

Talvez ele se sinta mal por você.

GENESIS

Puxa, valeu.

ROSE

Bem?

GENESIS

Sim. Ugh. Estou farta disso.

ROSE

As pessoas são idiotas. Simplesmente as ignore. Você sabe quem são suas amigas de verdade.

GENESIS

Não fiquei afastada tanto tempo assim. Todo mundo fica me olhando como se tivesse me brotado um olho extra ou membro extra ou algo do tipo.

ROSE

Ignorantes.

GENESIS

Pois é, eu tive uma sensação diferente quando Peter falou aquilo. Parece que ele realmente se importa.

ROSE

Quem sabe ele vai rezar por você.

GENESIS

Ah, cala essa boca, Rose.

ROSE

Vai ter que esperar até o casamento para perder a virgindade, pode apostar.

GENESIS

(Joga batata frita na amiga.)

Cala a boca.

ROSE

Calar a boca? Tá certo.

(Ela enfia o resto das batatas fritas na boca, inclusive a que Genesis jogou nela.)

GENESIS

Guarde um pouco para as crianças famintas.

(ROSE tapa a boca e murmura algo como: "vou calar a minha boca".)

Ok, ok. Esquece que eu toquei nesse assunto. Não sei por que ele falou comigo. Talvez ele seja simplesmente um cara legal.

(VANESSA entra pela esquerda do palco e caminha até a mesa delas. Ela se senta ao lado de GENESIS e imediatamente começa a chorar. As outras meninas ficam atônitas.)

ROSE

Hã, algum problema, Vanessa?

VANESSA

Sinto muito por você, Gen, só isso. Nem consigo imaginar.

ROSE

Relaxa, certo? Minha nossa. Gen não precisa de mais gente perdendo o controle.

VANESSA

(Recompondo-se.)

Vocês pediram batatas fritas com queijo?

(Nenhuma das duas responde.)

Meus pêsames, Genesis. Não sei mais o que dizer. Sinto muito.

GENESIS

Obrigada.

VANESSA

Tentei ligar pra você, mandar uma mensagem e tal.

GENESIS

Eu sei. Eu vi. E fico agradecida por isso.

VANESSA

Faz um favor pra mim? Me avisa se precisar de qualquer coisa.

ROSE

Vai ficar tudo bem com ela.

GENESIS

Claro, Vanessa. Obrigada.
(Pausa.)
Acho que suas amigas estão encarando você.

VANESSA

Ok, tá bem, acho que é melhor voltar lá com elas.

ROSE

É melhor mesmo.

VANESSA

Sei que ultimamente não temos sido amigas do tipo "unha e carne", mas eu ainda a considero uma amiga importante.

GENESIS

Eu sei, V. Não se preocupe comigo. A Rose cuida de mim.

ROSE

Pode apostar.

VANESSA

Certo. Elas estão esperando por mim e vamos ao jogo. Não vão também?

ROSE

Eu? Nem pensar!

VANESSA

Não precisa ser maldosa.

ROSE

Eu? Maldosa? Nunca.

VANESSA

Minha mãe quer trazer comida pra você, sua mãe e sua irmã, se vocês precisarem.

GENESIS

Sim, Ally não está morando conosco agora.

VANESSA

Ah, sim. Sinto muito. Já me disseram.

ROSE

Algo mais?

GENESIS

Obrigada. Seria legal.

VANESSA

(Demorando-se para se despedir a ponto de causar um certo desconforto.)

Até mais, gurias.

(Sai pela direita do palco.)

GENESIS

Você foi meio grosseira.

ROSE

Também estou cansada de compaixão fingida.

GENESIS

Ao menos ela conhece a minha família.

ROSE

É, mas na verdade ninguém conhece.

GENESIS

Tem razão. E precisa continuar assim.

ROSE

Ah, que droga. Já são cinco da tarde? Cadê o idiota do meu irmão?

(ROSE joga dinheiro na mesa e GENESIS a segue para fora do palco.)
(As luzes diminuem.)

Agende o acompanhamento

Eu me sento na cama e sinto que o suor fez meu cabelo grudar na parte detrás do pescoço. A cama não é minha. É a cama de Delilah. É o dormitório de Delilah. Luz fosca dourada flui pelas janelas com painéis, e eu corro o olhar em volta e me deparo com outras três camas vazias. Acho que este prédio era um hotel ou algo assim, pois todos os quartos têm banheiro próprio. Essa situação não é muito comum em dormitórios universitários. Estou feliz por não estar em um banheiro de uso comum, pois estou sentada na privada e vejo que o sangue empapou minha calcinha. Procuro absorventes no armarinho, mas só encontro tampões. A recomendação é para não usar esse tipo ainda, por isso eu dobro papel higiênico e forro a minha calcinha extra. Não consigo encontrar um saco plástico para enfiar a calcinha suja, então resolvo jogar fora e a escondo debaixo de uma camada de lixo, para que ninguém descubra a prova.

De volta ao quarto de Delilah, vejo um bilhete preso com fita adesiva à minha mochila:

Nem acredito o quanto você dormiu, menina! Espero que esteja bem. Tive que correr para a aula. Se quando eu voltar você ainda estiver dormindo, vai acabar no hospital. ;) Ligue ou envie uma mensagem imediatamente! Vou estar de volta lá pelas 15h. - D

Passei a noite aqui? O quê?! É mesmo o dia seguinte? O dia de ontem simplesmente desapareceu? Ou talvez nunca tenha acontecido?
Ainda estou com Peter.

Não estou grávida.

Tudo está normal.

Se eu não estivesse vazando sangue, tão exausta e tão enjoada, talvez até acreditasse nisso. Mas deve ter acontecido. A coisa toda aconteceu. Devo estar em Nova York, porque ontem de manhã o Peter me levou de carro à minha consulta.

Meu celular explode com mil mensagens de Rose, querendo saber por que não estou na escola.

Eu deveria ter contado a ela. Não deveria estar fazendo isso sozinha. Mas falei que não iria contar. Foi isso que prometi. Meu estômago ronca e me lembro de que não me alimento, digamos, há mais de vinte e quatro horas. Como é que estou viva? Engulo um copo d'água e saio do quarto de Delilah. É uma e meia da tarde. Não posso esperá-la. Tenho que voltar para casa em Jersey. Tenho que descobrir que fim levou Peter. Por que ele me abandonou na clínica. Por que de repente estou só outra vez.

Pesquiso o itinerário até o terminal rodoviário Port Authority e, após um rápido pulinho de metrô rumo à cidade alta, estou andando na Times Square, onde fica a Broadway, o local da festa de Ano-Novo e a loja da M&M's. Hummm... M&M's. Bem que a minha primeira refeição poderia ser de M&M's, não é? Só que não. Abro caminho pelas calçadas abarrotadas de turistas e suas câmeras, e transeuntes e sua incapacidade geral para andar em linha reta. Levo a mão ao estômago para não ter nenhum trauma extra enquanto serpenteio em meio à multidão sob marquises piscantes. Meu pai costumava me levar ao teatro em Manhattan, mas nunca fizemos isso aqui na parte alta. Ele falava que todas as coisas boas ficavam no centro, na parte baixa da cidade. Eu acreditava na palavra dele. Eu me imagino no palco nesse exato instante, diante de todas aquelas luzes – vermelhas, amarelas e azuis. Não estou aqui enfrentando a multidão e a neve urbana cinzenta. Estou no palco e a plateia me atira rosas, e sorrio tanto que começo a chorar enquanto me curvo e atiro beijinhos, me curvo e atiro beijinhos.

Na estação, compro uma passagem no quiosque com meu cartão de crédito *apenas para casos de emergência*. Vou ser criticada por isso. Eu juro que meus avós devem ter a tela do computador sempre aberta, só esperando que eu compre algo para que possam me interrogar sobre o assunto. Por isso, ontem eu paguei em dinheiro. Essa é uma pergunta que eu nunca quero ter que responder. Não para eles, pelo menos. O próximo ônibus sai em vinte minutos, por isso eu me dirijo à área de espera. Um garoto mais ou menos da minha idade com rabo de cavalo afro *puff* e um cachorrinho na mochila toca acordeão. A cabeça dele cai para a frente e ele a endireita com esforço. O cão reclama um pouco. Eu me sento numa cadeira de plástico dura e puxo o meu celular para ligar para Peter.

De novo, cai na caixa postal. Sinto a raiva fervendo do novo buraco vazio em meu estômago.

— Vai se ferrar, Peter — eu digo após o bipe. Depois faço uma pausa rápida, porque não tenho muita certeza de que falei aquilo, se minha voz realmente voltou.

Eu levo a mão à garganta. Ela voltou.

E então eu continuo.

— Fala sério! Quer saber onde estou? Na porra do terminal de ônibus! Pegando o ônibus pra casa, porque você é um covarde. Onde você está? Como pôde fazer isso com alguém? Me deixa em paz. Me deixa... em paz.

Eu me engasgo um pouco nas palavras *em paz* e sei que preciso desligar. Realmente gostaria de encordoar cada palavra e pensamento ruim estalando em minha cabeça e cuspir na cara dele, mas estou exausta. E acabada.

Na véspera, antes de ir embora da minha casa, ele colocou o dinheiro na beira da cama. Como se não pudesse colocá-lo direto em minhas mãos. Como se eu fosse microscópica. Eu não sabia se ele viria na manhã seguinte.

Embarco no ônibus e apoio a cabeça na janela. Não está sendo fácil estar com Peter desde o incidente. Nem me refiro a ficar grávida, mas sem dúvida isso também não foi um passeio à beira-mar. Eu me refiro ao segredo que foi revelado. As coisas não foram fáceis, mas ele me apoiou.

E agora, cadê ele?

Fico subitamente apavorada. Será que eu me precipitei e saí com muita pressa? Será que ele não perdeu o celular ou saiu e foi assaltado ou coisa parecida? Será que está perdido em algum lugar, tentando chegar em casa e talvez achando que eu o deixei para trás? O que foi que eu fiz? E a mensagem que acabei de deixar para ele? Talvez ele esteja caído numa vala ou coisa parecida, e justo eu vou ser a responsável por informar a sra. Sage.

Mas não. Sabe como a gente às vezes simplesmente sabe? Sei que ele não está numa vala. Sei que ele me deixou na Planned Parenthood, em plena Nova York. Chego a Point Shelley, em frente ao Walmart. Minha cabeça gira um pouco enquanto eu analiso o estacionamento e tenho que fechar os olhos por um instante para recuperar a estabilidade. Entro no Walmart e pego uma mesa no McDonald's anexo à loja. As lâmpadas fluorescentes ofuscam meus olhos, e sei que estou cansada demais para ir caminhando daqui até a minha casa. Preciso de uma carona. Eu me preparo para o tornado que é minha melhor amiga Rose e digito o número dela.

— *Puxa vida, Gen! Achei que você tinha morrido!*

— Oi pra você também.

— *Falando sério, onde foi que você se enfiou?*

— Eu, hãã...

Como é que vou me explicar? Agora a minha promessa de não contar se tornou nula e vazia?

— *Tudo bem contigo, Gen?*

O tom dela ameniza um pouco.

— Estou meio que presa no Walmart neste exato momento. Em North Point. Pode vir me apanhar?

— *No Walmart?*

— Sim, no Walmart.

— *Que porcaria você está fazendo no Walmart?*

A palavra *Walmart* está se tornando surreal.

— Mais tarde eu te explico. Eu, há, não estou me sentindo bem e preciso que você se apresse, certo?

Ela garante que vai ao meu encontro em não mais que meia hora, e então decido enfim encher minha barriga com a opção sempre tão saudável diante de mim. Não escolhi M&M's como minha primeira refeição, mas batatas fritas gordurosas e salgadas e uma Coca-Cola vão cumprir a função direitinho.

– Algo mais?

A moça do caixa tem um vão entre os dentes e sardas tão grossas que mais parecem manchas.

– Oi, Genesis – cumprimenta ela.

– Oi.

Eu me dou conta de que a conheço.

– Ah, oi, Wendy.

– Você está com uma cara horrível!

– Nossa, muito obrigada, Wendy.

– Quer dizer, doente ou algo assim. Tudo bem?

– Sim. Um pouco doente.

– Você não foi à aula hoje.

– Não me diga.

Ela não responde.

– Pode registrar meu pedido, por favor?

– Ah – diz ela, baixando o olhar.

– Me desculpe. Claro. São três dólares e nove centavos.

Largo uns trocos no balcão e espero Wendy encher meu copo.

– Não muito gelo, por favor.

Ela coloca o copo suavemente na minha frente ao lado de uma embalagem com batatas fritas.

– Prontinho! Se cuida.

Eu tento dizer obrigada. Obrigada, Wendy, a moça que trabalha no McDonald's. Ela sempre foi fofa comigo. Mas a palavra simplesmente não vem à boca.

– Você faltou à aula de escrita avançada de hoje. Precisa agendar seu acompanhamento.

Acompanhamento? Esse termo soa clínico demais para o meu gosto, justo agora.

– Como é que é?

Seus olhos se arregalam por um momento como se fossem saltar das órbitas, e eu fixo o meu olhar no dela, como se fosse um concurso de encarar improvisado.

— A professora Jones quer uma conversa de acompanhamento sobre os artigos que entregamos na semana passada. Tipo, uma conversa individual. A turma inteira pisou na bola ou algo assim.

— Ah — eu digo, ainda encarando. Sinceramente, eu não consigo me lembrar de qual artigo ela está falando.

— Pois é. Ela falou que ninguém escreveu com o coração, com as entranhas, ou algo assim. Só escrevemos o que achávamos que ela queria ler. Daí ela subiu nas tamancas e falou que nenhum de nós teve sangue nas veias. Puxa vida. Sabia que ela escreve livros de amor? Já imaginou que coisa mais nojenta? Já imaginou, tipo, a sra. Jones *transando*?

Alguém pigarreia atrás de mim.

— Tenho que cuidar dos outros clientes agora.

Beleza, Wendy, eu não queria mesmo ficar o dia todo aqui, tagarelando sobre suas teorias em relação ao amor. E com certeza não quero falar sobre o motivo pelo qual não fui à escola hoje. Nem ontem. Saio do McDonald's e escolho um banco perto da entrada, me sento ali, escutando o abrir e fechar das portas. Abrir e fechar. Devagar, sugo o líquido pelo canudo. Às vezes, deixo a coluna líquida chegar a milímetros da boca e então solto de volta. Rabisco umas linhas na tinta da lateral do copo. Umedeço os lábios com a ponta da língua. Observo o segurança conferir os recibos na saída. Na verdade, tento não pensar em nada. Como se isso fosse possível.

ATO I

Cena 2

(Esta cena acontece no corredor da escola, cheio de alunos, entre uma aula e outra. Alunos passam, puxam livros dos armários, fazem rodinhas, contam fofocas, zoam etc., sem parar, em torno da ação principal.
Ao abrir das cortinas, GENESIS procura algo no armário. Ela tira tudo do armário e faz uma pilha no chão. Está na cara que ela não consegue encontrar o que procura.
PETER entra no palco pela direita, passa por ela, estaca e, numa espécie de reação retardada, fica observando por um segundo. Ele faz um gesto para atrair a atenção dela, mas ela está absorta no conteúdo do armário.
Ele se afasta, e é justo nesse momento que ela encontra o que está procurando. Enfia tudo de volta e fecha o armário. Ela se vira, recosta-se na parede e solta um suspiro de alívio.
Agora, ela vê a silhueta de Peter se afastando. Começa a ir atrás dele, mas para, pensa melhor e sai na direção oposta.
É a vez de Peter se virar mais uma vez e enxergá-la se afastando. Nenhum percebe que o outro se virou antes.)

PETER

(Estendendo o braço.)

Ei.

(Blecaute.)

35

Monitore o sangramento

Rose me envia uma mensagem enquanto estaciona temporariamente numa vaga para deficientes. Eu pulo no banco da frente da sua Mercedes prata de segunda-mão. A música explode num volume três níveis acima do tolerável enquanto ela dá uma ré e sai do estacionamento. Não fala nada, não dá uma de intrometida, mas se remexe, inquieta. Rose gosta de ser a primeira a saber o que está acontecendo e, claramente, eu a decepcionei.

Fixo o olhar nas oficinas automotivas e lojas de bebidas alcoólicas, tão abundantes em North Point, e mastigo cubos de gelo. Wendy não ouviu meu pedido sobre maneirar no gelo.

– Você está com uma cara horrível, Gen – enfim Rose diz.

– Obrigada. Parece que hoje todo mundo tá achando isso.

– Bem...

A parte norte de nossa cidadezinha é uma versão decadente da metrópole. Um deserto de lojas com tapumes, que nunca reabriram após o furacão. Rumo ao sul tudo é mais conservador. O pessoal tem mais grana lá embaixo. Minha casa fica bem no meio do caminho. A da Rose, ligeiramente ao sul.

Ela estaciona no acesso da garagem de minha casa, desliga a música e deixa o carro ligado. No repentino silêncio, fito a casa que compartilho com minha mãe. Sincelos pendem da calha e pingam na almofada roxa empapada da cadeira de balanço de vime.

– Eu não sabia como te contar – eu digo quando nenhuma de nós se mexe para sair.

– Me contar o quê?

– O que aconteceu comigo.

– O que aconteceu com você?

– Bem, eu fiz um aborto ontem.

Estilo arrancando-o-Band-Aid. Direto ao ponto. Acho que é a primeira vez que eu mesma pronuncio a palavra. Essa palavra de seis letras. Peter e eu fomos tão bons em fazer rodeios e dançar em volta dela. Uma valsa silenciosa.

Rose tira os óculos escuros que usa para dirigir e os guarda no console entre nós. Ela repousa a mão em meu braço.

– Como?

Eu faço que sim com a cabeça.

– Você estava grávida?

– Em geral, é assim que funciona.

Ela afunda o rosto nas mãos por um instante, mas se recompõe, ergue o olhar e me encara fixamente.

– Peter sabe?

Meus olhos se fixam nas marcas d'água que pontilham o retrovisor lateral.

– Sim.

– E?

– Foi ele que me deu carona para a minha consulta ontem de manhã, mas...

– Mas?

– Ele me deixou lá e fugiu.

– Como?

Nem eu mesma acredito na história quando a conto em voz alta.

– Entrei na sala de espera, para que ele pudesse me levar para casa, mas ele tinha ido embora.

– Embora?

– E não atende ligações e não responde mensagens.

– Mas que porcaria é essa?

Desafivelo o cinto e percebo o suor umedecendo as axilas. Eu diminuo o ar quente.

– Por que você foi até Manhattan pra fazer isso?

– Ele estava preocupado com a mãe dele.

Sra. Gloria Sage: líder do movimento Pró-Vida, Antiescolha de nossa comunidade. Ninguém escapa das ironias do destino.

Rose balança a cabeça. Ela balança com tanta força que eu tenho medo de que possa machucar o pescoço.

— E por que não me contou? Eu poderia ter levado você. E eu a teria trazido para casa.

— Ele me pediu para não contar.

Os meneios de cabeça continuam como uma contração muscular incontrolável.

— A gente não conseguia adivinhar o que diabos estava acontecendo com você. Erramos longe com nossos palpites. Que traste imprestável.

— Não, Rose.

Mas peraí. Ele é um traste, não é? Se você leva de carro alguém 93km para longe de casa, coloca uma venda na criatura, gira ela até ficar bem tonta e depois diz a ela que encontre o caminho de volta, isso me parece a definição perfeita de um traste imprestável.

— Sim, Genesis.

— Não fique com raiva de mim.

— Não estou com raiva. Eu só...

— Ele não queria que ninguém ficasse sabendo.

— Você já falou isso. Mas sou a sua melhor amiga.

— Eu sei.

— E agora, o que você vai fazer? – pergunta Rose.

— A enfermeira me mandou repousar.

— Não vou deixar você sozinha.

Sinto vontade de perguntar a ela sobre a escola. Se ela viu o Peter. Mas me contenho. Tento absorver o golpe que acabo de levar.

Ao entrarmos pela frente, minha mãe me agarra firme pelos braços e me sacode. Caí na emboscada. Seus olhos soltam faíscas e estou a mil por hora, meu corpo se dobra enquanto ela me chacoalha até que por fim me abraça.

Acho que ela ficou me espiando subir pela entrada.

Acho que ela estava me esperando.

Acho que às vezes ela presta atenção ao que está acontecendo ao seu redor. Eu começo a me esquecer de que ela está aqui, de que ela talvez ainda se importe comigo. Quando uma pessoa deixa de se comunicar, você só consegue imaginar o que ela sente, e isso dura um bom tempo até criar interferência. Nesse exato instante, eu me lembro de que tenho uma mãe que talvez perceba quando eu não durmo em casa. Não há nada que ela possa fazer, claro. Às vezes, eu realmente quero receber um castigo ou punição ou algo normal.

– Genesis, fiquei preocupada com você. Onde você se meteu? Não preguei o olho a noite inteira.

A última vez que a minha mãe reagiu desse jeito foi quando eu caí de bicicleta no ano passado. Foi no caminho entre a escola e a nossa casa, no comecinho do ano letivo. Minha mochila se enroscou no pneu da frente, a bike capotou e eu aterrissei com o queixo no chão duro. Entrei pela porta da frente com o peito coberto de sangue, e a minha mãe se ergueu num pulo e me deu um abraço bem forte. Como se ela tivesse uma percepção sobre a minha dor. Naquela vez, a dor física; desta vez, de outra natureza. Ela estava de branco e ficou com a roupa toda manchada com o meu sangue. Tive que me desvencilhar do abraço e ligar para a minha tia Kayla, a mãe de Delilah, para me levar ao hospital e fazer uma sutura. Minha mãe ainda não tinha voltado a dirigir. Levei quatro pontos. Naquela noite, a minha mãe serviu duas tigelas de sorvete com uma montanha de chantilly e calda de chocolate Hershey's. Meu queixo ficou meio dolorido para mastigar comida sólida por uns dias, e nós tomávamos sorvete em praticamente todas as refeições. Ela que "cozinhava", não eu.

– Eu devia ter ligado. Me desculpe.

Eu digo isso, mas um montão de vezes não voltei para casa e ela não reagiu assim.

Quando meu queixo sarou e eu retirei os pontos, aconteceu uma mudança. Antes, ela meio que sempre estava ali. O suficiente para que ninguém me roubasse dela, mas longe o suficiente para que eu tivesse mais responsabilidade do que provavelmente deveria ter. Mas, logo depois disso, ela voltou a trabalhar na sala de arquivos da agência de seguros, e a tia Kayla não precisou mais atender às nossas chamadas de emergência tantas vezes.

– O que é que aconteceu?

Do nada, me dá uma vontade louca de ouvi-la cantar.

– Nada.

Ela costumava cantar. Ela costumava ser livre.

– Sei que não é verdade.

Aguardo o interruptor. Luzes apagadas, ninguém em casa. Eu me habituei ao súbito escurecimento da minha mãe. Eu costumava tentar reativá-la. Dava um peteleco e lá estava ela, voltando a ser ela mesma.

– Você está bem, mãe? Precisa de alguma coisa?

Mas ela não quer voltar ao normal. Não quer recuar.

Ela responde:

– Você não precisa cuidar de mim sempre.

– Bem, se você quiser algo para comer ou...

Ela balança a cabeça.

– Esquentei um sanduíche de micro-ondas. Tem mais se você estiver com fome.

– Adoro sanduíche de micro-ondas! – exclama Rose. – Aqui vocês têm comida de verdade. Ultimamente, minha mãe só tem quinua e chia lá em casa. Vai me desculpar, mas pudim de chia não é sobremesa que se preze.

– Chia? A mesma da Chia Pets? – indaga a minha mãe, referindo-se aos bichinhos de terracota em que brotam sementes de chia, imitando a pelagem.

– É, isso mesmo. Dizem que é supersaudável.

– Ally comprou um daqueles. Um dinossauro.

– Mãe, temos que ir para o meu quarto agora.

Ela faz um aceno positivo com a cabeça. Não sei o que fazer com ela nesse instante. Em geral, ela está dormindo. A gente costuma funcionar no piloto automático.

Ao entrarmos no quarto, Rose desaba em minha cama.

– Aquilo foi meio doido. Achei que ela nunca se importava quando você não dormia em casa.

– Pois é, em geral ela não se importa.
– Esquisito.
– É.

Eu peço licença à Rose e vou ao banheiro para ficar sozinha por um instante e dar uma olhada no meu celular. Uma olhada fixa, na verdade. Olho para ele fixamente como se eu fosse uma lunática. Só uma lunática ficaria olhando e esperando uma boa notícia. Alguma novidade para se agarrar. Porque obviamente não consigo me agarrar às coisas que já foram ditas. Nada de palavras novas, nada de sinais novos, nada de nada novo. Por que ele não ligou? Será que nem quer saber como estou? Não é como se eu tivesse apenas arrancado um dente.

Na última sexta-feira, depois da aula, fiquei esperando o Peter. Ele se atrasou para o nosso encontro, mas eu sabia que estava rolando um planejamento extra para o baile do Dia dos Namorados. Eu andava tão emotiva ultimamente que fiquei pronta para administrar a nossa situação e seguir em frente. Não poder contar a Rose me matou por dentro. Fiquei me perguntando se ela conseguia perceber as mudanças em meu corpo. Ou se elas só eram perceptíveis para mim.

Ele deu uma condição: ninguém poderia ficar sabendo. Uma pessoa apenas além de nós, e o perigo seria máximo. Ele realmente usou a palavra "perigo". O que eu deveria fazer com essa palavra? Como deveria me sentir ouvindo essa palavra, já que as mudanças ocorreram no *meu* corpo? Já que era eu quem carregava fisicamente o perigo? Afinal de contas, como é que ele queria manter algo *perigoso*?

Mas respeitei a vontade dele. Segredos são realmente um incêndio descontrolado. Mas se não contamos a ninguém, o incêndio secreto nos consome por dentro, fora de controle.

Vou me sentir melhor segunda-feira. Vou me sentir melhor segunda-feira. Vou estar bem na segunda. Foi isso que eu disse a mim mesma para seguir em frente. Para controlar o incêndio e manter a estrutura, o meu esqueleto, em pé.

Enquanto eu esperava, eu o avistei caminhando pelo corredor e dando risada. Como foi que ele não desaprendeu a rir? Ele estava ao lado da Vanessa, e ela também estava rindo.

Tive que aceitar isso. A amizade dos dois. Eles cooperam intimamente no grêmio estudantil, e de vez em quando a gente precisa engolir um sapo, não é mesmo? Mas eu literalmente sentia meu corpo se retorcer de nojo quando ele pronunciava o nome dela. *A Vanessa acha que devíamos colocar uma cabine de fotografia automática no baile. Não seria legal?* Ou: *Vou me atrasar um pouquinho. Primeiro, eu vou deixar a Vanessa em casa.* Imagine então a minha reação física quando via com os meus próprios olhos os dois interagindo. O nojo quadruplicava.

Peter nunca pensou que ela quisesse me magoar. E sempre me incomodou o fato de ele não ficar do meu lado. O fato de ele não vislumbrar o quanto as coisas seriam mais fáceis para nós se ela simplesmente calasse a boca.

Eu me posicionei bloqueando o caminho deles no corredor, e eu vi a expressão de alegria sumir de seu rosto. Tive gana de mergulhar por ela. De pegá-la do chão e devolvê-la a ele.

A nós.

Ela falou, *A gente se vê segunda,* sem olhar para mim.

Mas Peter olhou para mim. E o olhar dele dizia: *Não, a gente não vai se ver na segunda-feira, porque a Genesis tem outros planos para nós.*

Peter e eu andamos até a caminhonete dele em silêncio. Eu não ia tentar começar *aquela* conversa quando tínhamos tanta coisa para falar. *Aquela* conversa sempre levava o nada a lugar nenhum:

Ele: *Por que você não a perdoa?*

Eu: *Por que eu deveria perdoá-la se ela me traiu descaradamente?*

Ele: *Às vezes, a história é mais complexa.*

Eu: *O que eu sei já é suficiente para não confiar nela.*

E assim por diante.

Mas essa não era a pauta do dia.

Eu olhei para ele. O rosto dele. Os olhos dele. Os lábios dele. Nossos lábios simplesmente se encaixavam. Às vezes, eu ficava imaginando que poderia beijá-lo eternamente.

Como foi que isso acabou tão rápido?

As chamas se espalham rápidas e implacáveis.

Rose bate na porta do banheiro e vai entrando sem esperar minha resposta.

– Meu Deus! – diz ela, e vejo sangue na parte interna de minhas coxas.

– Rose, posso ter um pouco de privacidade, por favor?

– Hum, ok, mas você estava demorando muito, e fiquei preocupada.

– Estou bem.

– Você não parece bem.

– Estou bem.

Rose contrai os lábios, dá meia-volta e sai. O que significa estar bem? Isso é o que a gente sempre diz. Está bem se eu seguir meu ciclo como um turbilhão relapso e sangrento?

Eu me limpo.

Estou legal.

Estou legal.

Estou legal.

É só falar três vezes que se torna realidade.

ATO I

Cena 3

>(Esta cena acontece numa sala de aula.
>Ao abrir das cortinas, a PROFESSORA junta uns papéis. Os alunos entram e tomam seus lugares.
>PETER escolhe um assento na primeira fileira.
>GENESIS entra e, ao passar pela carteira dele, ele mexe na mochila e evita o contato olho no olho. Ela senta perto do fundão.
>WILL FONTAINE entra e se senta ao lado dela. PETER dá uma ou duas espiadelas para trás durante a conversa dos dois.
>VANESSA entra e senta-se ao lado de PETER.)

WILL
E aí, Gen. Como vai?

GENESIS
Indo.

WILL
Abra o seu coraçãozinho.

GENESIS
Você já sabe mais que a maioria.

WILL
Tudo bem?

GENESIS

Deixa eu te perguntar uma coisinha: por acaso voltei para a escola totalmente deformada? Pareço uma pessoa diferente? Porque o jeito que as pessoas estão me encarando é como se eu estivesse coberta de vômito ou algo assim.

WILL

Continua a garota sexy de sempre, Gen.

GENESIS

Deixa disso.

WILL

O quê?! Você sabe que é verdade.
        (A interação entre os dois é divertida.)

GENESIS

Sobre isso eu não sei de nada.

WILL

Vai me desculpar, mas você sabe que esses caras costumam ser uns BABACAS, então é melhor ignorar.

        (Algumas pessoas olham na direção deles quando WILL diz "babacas".)
        (Toca o sinal.)

PROFESSORA

Vanessa, faz o favor de distribuir estas folhas?

        (A PROFESSORA escreve "realismo mágico" no quadro).

Realismo mágico. Alguém pode me dizer o que isso significa? Alguém já ouviu esse termo antes?

BRANDON

Sim, quando a senhora falou nisso ontem.

> (A turma cai na risada. WILL ergue a mão e faz um "bate aqui" na mão de Brandon.)

PROFESSORA

Sendo assim, você vai conseguir se lembrar do que significa, sr. Moore.

BRANDON

Hã, a gente não chegou tão longe.

> (Mais risadinhas.)

PROFESSORA

Ok, então, alguém quer ajudar o Brandon?

> (Silêncio.)

PROFESSORA

E quanto a Gabriel Garcia Márquez? Alguém o conhece?

> (PETER levanta a mão.)

PROFESSORA (CONTINUA)

Sim, Peter, um jovem de cultura e classe, obrigado por salvar os seus colegas aqui.

PETER

É um escritor colombiano. Escreveu *Cem anos de solidão*.

(Genesis para de rabiscar e ergue o olhar.)

PROFESSORA

Tem razão. Já leu esse livro, Peter?

PETER

Ainda não, mas quero ler. Já li *Crônica de uma morte anunciada*.

PROFESSORA

Ah, sim, dá para notar por que você deve ter gostado desse.

PETER

É mesmo?

PROFESSORA

O estilo é bem jornalístico.

PETER

Acho que sim.

PROFESSORA

E nele havia realismo mágico?

BRANDON

Ainda não sabemos o que isso significa, professora.

PETER

Acho que algo surreal acontece, num tipo de mundo real. O bordel parecia meio mágico.

BRANDON

Eu aposto que o bordel era mágico.

> (will o cumprimenta de novo com um "bate aqui". genesis tenta manter o foco em Peter e não nos palhaços perto dela.)

PROFESSORA

Por favor.

PETER

Não quis dizer nesse sentido.

> (Alguns dos rapazes mais engraçadinhos tiram sarro do fato de ele ainda ser virgem.)

PROFESSORA

Eu sei o que você quer dizer, Peter. Certo, turma, vamos analisar o que Peter falou sobre detalhes surreais num mundo real. Essa que é a chave para o realismo mágico. E nós vamos começar esta unidade lendo um dos contos de Márquez, chamado *Um senhor muito velho com umas asas enormes*.

BRANDON

Parece sexy.

PROFESSORA

Tirem um tempo para lerem agora e tentem encontrar o surreal e o real dentro da história. As coisas que parecem mágicas e as coisas que parecem reais.

>(A turma começa a ler. WILL se remexe e levanta a mão.)

WILL

Posso ir ao banheiro?

>(A PROFESSORA faz que sim e aponta para a porta. Ele ergue o capuz e se inclina para GENESIS.)

WILL (CONTINUA)

Não aceite qualquer merda do exército, Gen.

>(GENESIS sorri e continua lendo.)
>(Depois de uma pausa, toca o sinal.)

PROFESSORA

Se vocês não leram a história até o fim, terminem como dever de casa. Vamos continuar nossa conversa amanhã.

>(A turma guarda suas coisas e se apressa em direção à porta. GENESIS passa por PETER de novo. VANESSA se demora.)

PETER

Oi, Genesis.

GENESIS

Hã, oi.

(Pausa.)

PETER

Gostou da história?

GENESIS

Muito.

VANESSA

Achei obscena. Aquele anjo, ou seja lá o que for, é repulsivo e nojento.

PETER

Mas é justamente isto. A mescla do real com a magia.

VANESSA

Ah.

GENESIS

Sim, é muito legal. Gosta do escritor?

PETER

Sim, eu gosto.

GENESIS

Você gosta das cenas do bordel.

(PETER dá risada.)

GENESIS (CONTINUA)
Me desculpe.

PETER
O autor cria uma atmosfera interessante, eu acho.

GENESIS
É o que parece.

PETER
Bem...

GENESIS
Bem...

VANESSA
Bem... Também acho legal. Só não gostei daquelas partes sobre os vermes nas penas e essas coisas.

PETER
De novo, é justamente isto.

VANESSA
Vamos, Peter, agora temos um período de história.

PETER

Ok. Pode ir na frente. Já te alcanço.

VANESSA

Mas...

PETER

Fica fria. Tudo bem se eu chegar um pouco atrasado.

VANESSA

Tá certo. Bem, tchau pra vocês.

> (Ela encara os dois e sai. GENESIS também começa a sair, mas devagar, e PETER a interrompe.)

PETER

Tem... tem algum compromisso depois da aula?

GENESIS

Sim.

PETER

Ah. Tá certo. Deixa pra lá.

GENESIS

Quer dizer... Depois da aula eu tenho que visitar minha mãe no hospital.

PETER

Está tudo bem com ela?
> (Pausa.)

Sei que isso não é da minha conta.

GENESIS

Fique tranquilo. Ela está bem. Fui eu que toquei no assunto.
        (Outra pausa.)

PETER

Tá certo.

GENESIS

O que eu queria dizer é: acho que eu não queria ter um compromisso.

PETER

É mesmo?

GENESIS

Sim.

PETER

Ok, eu tenho que ir andando.

GENESIS

Sim, eu também.

PETER

Posso te perguntar algum outro dia se você tem algum compromisso após a aula? Tudo bem se eu fizer isso?

GENESIS
(Deixando escapar.)
Você quer vir comigo?

PETER
Ao hospital?

GENESIS
Me desculpe, isso é meio estranho, não é?

PETER
Não sei.

GENESIS
Deixa pra lá. Foi uma ideia besta.

PETER
Só tenho uma coisa a dizer: gostaria que eu fosse junto com você?

GENESIS
Acho que sim.
(Pausa longa. A ficha cai para ambos.)

PETER
Então, sim. Eu adoraria ir ao hospital com você.

GENESIS
Não é um cenário feliz.

PETER

Vamos tornar feliz esse cenário.
    (GENESIS fica um pouco inquieta.)
Você não precisa explicar nada se não quiser.

GENESIS

Ela não está muito bem de saúde.
    (Pausa longa.)
Mas ela não tentou se matar.
    (Outra pausa longa.)
Sinto muito. Isso é muito pesado? Sei que é isso o que o pessoal pensa.

PETER

Eu não penso nada. A gente se encontra perto da ala C depois da aula.
    (Toca o sinal.)

GENESIS

Estamos atrasados.

PETER

Eu não me importo, e você?

GENESIS

Não.

PETER

Ótimo.

GENESIS

Se você mudar de ideia, vou entender completamente.

PETER

Não vou mudar de ideia.
> (Eles se despedem com um aceno de cabeça e um suave toque dos dedos. Os dois tentam conter um sorriso enquanto se afastam um do outro.)
> (Blecaute.)

O tempo de recuperação pode variar

Em meu quarto, Rose está sentada no chão, com as costas escoradas em minha cama, digitando no celular com os polegares. Eu deslizo para o seu lado.

— Tudo bem contigo? — indaga ela, virando a tela do celular para o tapete.

Bem? Bem. Está tudo bem comigo?

— Tipo, fisicamente? — pergunta ela. — O que precisa fazer para se cuidar?

— Só descansar, eu acho.

Rose se mexe, inquieta.

— Posso te perguntar uma coisa?

— Sim.

Ela faz uma pausa, olha para a minha barriga.

— Doeu?

— O procedimento?

— Sim.

Se doeu? Quer dizer, agora tudo está doendo. Até lugares que nem são físicos estão doendo nesse momento. Eu retrocedo o pensamento. Ao clique. Deslizar. Puxar. Estalar de luvas de borracha, rodinhas metálicas no piso de lajota e meus joelhos e coxas tremendo.

— Você não precisa me contar nada.

— Foi rápido.

Rose faz um aceno positivo com a cabeça.

— E foi bem desconfortável, mas não tão ruim, na realidade. Todo mundo lá me tratou superbem.

– Eu é que deveria ter ido com você. Não ele.

– Eu só queria fazer aquilo e depois esquecer.

– Gen, você não precisa ser tão durona o tempo todo. É bom poder desabafar.

Meu celular vibra na bolsa. Rose e eu nos entreolhamos. Logo eu me mexo para pegá-lo antes de perder a chamada.

Só pode ser o Peter. Finalmente ele deve estar tentando me localizar. Todo mundo já surtou de pânico alguma vez. Todo mundo sabe o lugar a que pertence. *Ele está perdoado, ele está perdoado, ele está perdoado*, fico repetindo em minha cabeça enquanto tateio desesperadamente pelo celular.

Mas antes que eu consiga pegá-lo, a vibração cessa. Rose puxa a bolsa e escorrega o aparelho para fora como se ele estivesse por cima das outras coisas. Ela olha a chamada perdida, depois olha para mim e balança a cabeça.

Vovó.

Sabia que ela entraria em contato após eu utilizar o cartão de crédito.

O celular toca outra vez, agora em minha mão, e eu rejeito a chamada. Não consigo lidar com isso. Não consigo lidar com nada. Não consigo lidar com estar sozinha. Não consigo lidar com outra pessoa me abandonando. Não é justo. Quantas malditas lições de vida tenho que aprender antes de completar dezoito anos? Tenho a impressão de que já sei algumas coisas. Por que o universo ou Deus ou seja lá quem estiver mexendo os pauzinhos do destino não alivia um pouco a minha barra? Tem gente da minha idade que nunca conheceu ninguém que morreu. Nunca se apaixonou. Nunca se estilhaçou num milhão de pedaços.

– Quer dizer que vocês dois, tipo... – Rose não termina a frase.

– Nós dois o quê?

– Romperam o namoro?

E então eu perco o controle. Totalmente. Tudo que é sólido em meu corpo se transforma em algo gelatinoso, como um líquido antes de se tornar gelatina. As lágrimas irrompem de algum lugar mais profundo de onde jamais haviam brotado.

– O que houve? – indaga a minha mãe, aparecendo no vão da porta.

Mas eu continuo a chorar. A chorar, chorar e chorar, até esgotar toda a água. E depois, juro, começo a chorar ar. Até esgotar todo o ar. Por que... por que por que por que por que por que por que por quê?

Eu NÃO estou legal.

Não estou nada legal.

Eu.

Não.

Estou.

LEGAL.

– Acho que não estou bem.

– Está, sim – diz Rose e corre a mão pelo meu cabelo.

Não estou. Não estou. Minha mãe também fica aqui. Conosco. Com os braços delas ao meu redor, e são muitos braços e mãos e bocas e...

– Verdade, eu não consigo respirar. É como se alguém estivesse esmagando o meu peito. Meu coração. Meu coração.

– Posso te preparar um chazinho?

– Não vá. Não vá. Não me abandone.

– Estou bem aqui, Gen. Bem aqui.

– Nós não rompemos o namoro.

Rose junta as mechas de meu cabelo e as coloca atrás de minhas orelhas.

– Não rompemos. As pessoas não rompem um namoro sem conversar antes, certo? Será que ainda estamos juntos, Rose? É só uma briguinha ou algo assim?

– O que houve, querida? – minha mãe pergunta.

– É só uma briguinha, não é? Um mal-entendido?

Estou em pé agora.

Rose ainda não responde. Ela se levanta e me encara. Minha mãe fica sentada no chão.

– Tenho que ir até a casa dele.

– Acho que não é uma boa ideia.

– Eu preciso dele.

– Ele abandonou você, Gen.

Minha mãe se agarra na minha perna como uma garotinha... Tenta me puxar para o chão de novo.

Meu celular toca novamente.

– Por que sua avó está ligando pra você? – minha mãe quer saber.

– O que você tá fazendo aqui, afinal? Por que escolheu se envolver justamente hoje?

– Genesis, não diga uma coisa horrível dessas – diz Rose.

Qual o problema de eu ainda querer ficar com ele mesmo depois do que ele fez comigo? Nosso relacionamento é mais do que isso. Nós somos mais do que isso. Não consigo guardar isso para mim. Não consigo. Se armazenar tudo isso, eu tenho certeza de que vou explodir. Por isso, enquanto todas as minúsculas moléculas de água que compõem meu corpo estão se agitando, ou melhor, ricocheteando entre si, eu deixo. Eu me transformo num tsunami ali mesmo no chão de meu quarto e só consigo pensar em

derrubar

tudo

em meu

caminho.

Então dou um empurrão em Rose.

Com toda a minha força.

E ela cai no chão.

– Jesus! Genesis!

Ela se recompõe e se levanta.

– Por que diabos você fez isso?

E eu não consigo responder. Não sei. Nesse momento, simplesmente não reconheço nada. Nada. Não reconheço o quarto em que estou. Nem a pessoa à minha frente. Nem a minha mãe no chão. Nem a pessoa em minha pele. Tudo rodopia e se mistura em cinzentas ondas espiraladas.

– O que é que deu em você?

Não.

Estou.

Legal.

Cadê ele?

– Alô?

Minha mãe está mesmo atendendo ao meu celular?

– Mãe!

– Não tenho certeza. Não sei onde foi que ela andou se metendo.

– Genesis, você tem que se acalmar.

Daí braços se estendem e gente me diz para onde eu devo ir e zumbidos e sirenes e tenho que encontrar meu próprio caminho. Tenho que encontrar meu caminho de volta para ele. Ter as conversas que não quero ter. Tenho que ir até ele.

E então eu vou. Saio de casa correndo, deixando Rose e minha mãe no turbilhão.

ATO I

Cena 4

>(Esta cena ocorre numa lanchonete de hospital. As luzes são extremamente claras. Os poucos fregueses estão sentados sozinhos, bebendo café ou mordiscando pedaços de frutas.
>PETER e GENESIS carregam bandejas.)

PETER

Mesa para dois, senhorita?

GENESIS

Ah, sim, obrigada. Ao lado da janela, quem sabe?

>(Olham ao redor e dão risada.)

PETER

Madame, preste atenção. Levamos muito a sério a decoração de nosso restaurante e, para que nossos clientes tenham a perfeita experiência de lanchonete de hospital, nós o construímos no subsolo. Por isso, receio que um assento à janela não seja possível neste momento. Mas talvez a senhorita tenha interesse por uma mesa com fácil acesso ao bufê de saladas?

GENESIS

O que estiver bom para você.

>(PETER puxa uma cadeira para GENESIS. Ela se senta com uma leve hesitação).

GENESIS

Desculpe por você não poder ter entrado comigo.

PETER

Não precisa pedir desculpas. A sala de espera tem um excelente acervo de revistas.

GENESIS

Me desculpe por eu ter demorado tanto.

PETER

Sem problemas.

GENESIS

Me desculpe por você ter que vir aqui.

PETER

Pode parar. Não tive que vir aqui. Não tive que fazer nada que eu não quisesse.

GENESIS

Por que está fazendo isso?

PETER

O quê?! Marcar um encontro neste belo estabelecimento gastronômico?

GENESIS

Encontro?

PETER

Eu admito que não foi um convite para sair dos mais convencionais, mas é a primeira vez que saímos juntos.

GENESIS

Nunca havia saído com ninguém antes.

PETER

Nunca?

GENESIS

Não que eu me lembre. Quer dizer, saio com a galera e esse tipo de coisa, mas nunca fui ao cinema ou a um restaurante ou qualquer coisa estranha assim.

PETER

Ok, então vamos fazer isso da maneira certa.

GENESIS

Certa?

PETER

Sim, porque o objetivo de sair com alguém pela primeira vez é conhecer a pessoa e ver se a gente combina.

GENESIS

Como é que você se tornou tão especialista em sair com alguém?

PETER

Já te contei. Tem uma porção de revistas aqui para um cara jovem como eu aprender dicas sobre encontros e namoros.

GENESIS

Acho que você teve tempo suficiente para se tornar um especialista.

PETER

Na realidade, não.

GENESIS

Ah.

PETER

Que tal brincarmos do jogo das vinte perguntas?

GENESIS

Tipo... é maior que um porta-pão? Vinte perguntas desse tipo?

PETER

Vamos jogar a variante do primeiro encontro.

GENESIS

Você tá inventando.

PETER

Claro que estou. O que é um porta-pão?

GENESIS

Não faço a menor ideia.

PETER

Todo esse tempo.

GENESIS

Ok, qual é a variante do primeiro encontro?

PETER

Você me pergunta qualquer coisa que quiser e eu tenho que responder. Depois, eu posso te perguntar uma coisa. E assim por diante, até fechar as vinte perguntas.

GENESIS

Não sei se é uma boa ideia.

PETER

Por que não?

GENESIS

Não sei.

PETER

Eu garanto o privilégio da confidencialidade ao cliente.

GENESIS

Você é advogado ou coisa parecida?

PETER

Meu pai é. Mas não se preocupe. Vamos ficar na superfície neste jogo. Mais tarde, teremos tempo de sobra para os conteúdos mais desafiadores.

GENESIS

Afinal de contas, o que é que você quer saber sobre mim?

PETER

Peraí, você está pronta para começar?

GENESIS

Acho que sim.

PETER

Ok, então, vamos começar com uma fácil. Se pudesse comer qualquer coisa no mundo neste momento, não essa salada iceberg murcha em que você nem tocou desde que sentamos, o que seria?

(Genesis pensa.)

Diga a primeira coisa que vem à sua mente.

GENESIS

Ok, comida indiana na Curry Row, em Nova York.

PETER

Boa.

GENESIS

Com meu pai.

(PETER faz um aceno positivo com a cabeça. Eles ficam calados por um instante.)

GENESIS

Já ouviu falar? Tem uma rua inteira de restaurantes indianos em Manhattan. Com luzes natalinas e *maîtres* parados na calçada, até mesmo no inverno, querendo atrair os fregueses. Meu pai costumava nos levar. Ele deixava a minha irmã e eu escolhermos o restaurante. Eu escolhia com base no que tinha mais luzes de pimenta. Ally e eu começávamos a rir quando o garçom nos oferecia vinho. E a comida, bem, acho que é a comida mais deliciosa que já experimentei.

PETER

Essa é uma resposta bem melhor do que eu esperava.

GENESIS

Baixas expectativas?

PETER

Essa é a beleza das vinte perguntas. Legal, é a sua vez de perguntar.

GENESIS

Posso perguntar a mesma coisa?

PETER

Claro, se você quiser.

GENESIS

Certo. E o que você preferiria estar comendo agora? Ou essa porção de frango empanado te satisfaz?

PETER

Você já fez sua pergunta.

GENESIS

O quê?!

PETER

Você disse: posso perguntar a mesma coisa? Essa é uma pergunta.

GENESIS

Não é justo.

PETER

Tô brincando. Minha resposta não é tão bonita quanto a sua.

GENESIS

E daí?

PETER

Por mim, estaria comendo pizza.

GENESIS

Essa é uma resposta tão masculina.

PETER

Declaro-me culpado das acusações.

GENESIS

Eu também adoro pizza.

PETER

Ótimo, então o cargo é seu.

GENESIS

Que cargo?

PETER

A descrição do cargo está sendo criada à medida que conversamos.

GENESIS

Não quero o cargo.

PETER

Ah.

GENESIS

Não. Me desculpe. Não é bem assim. Só não consigo me esquecer de onde estou agora. Só tive um acesso de realidade.

PETER

Eu sei. Sinto muito.

GENESIS

Deixa pra lá. Vamos continuar o jogo.

PETER

Tem certeza?

(Ela faz que sim.)

Ok, então vamos para a pergunta três.

GENESIS

Sim.

PETER

Este é o melhor encontro que você já teve?

GENESIS

(Sorrindo.)

Sim. Este é o melhor encontro que você já teve?

PETER

Só perde para aquela vez no sexto ano em que eu vomitei na Lydia Pinkett enquanto estávamos girando na Xícara Maluca.

GENESIS

Eu me lembro da Lydia Pinkett.

PETER

Depois dessa, ela terminou o namoro comigo.

GENESIS

Esse foi veloz. Eu estudava na mesma turma e nem fiquei sabendo que vocês estavam juntos.

PETER

Veloz e furioso.

GENESIS

Ops.

PETER

Não éramos feitos um para o outro. Qual é o seu livro favorito?

GENESIS

Matadouro cinco. Qual é a sua cor favorita?

PETER

Azul.

GENESIS

Um garoto que gosta de pizza e azul.

PETER

Sou um estereótipo completo.

GENESIS

Disso eu duvido muito.

PETER

O que você quer ser quando crescer?

GENESIS

Não faço a menor ideia.

PETER

Sério?

GENESIS

Sério.

PETER

Bem, o que você curte fazer?

GENESIS

É a minha vez de perguntar.

PETER

É justo. Vá em frente.

GENESIS

O que você quer ser quando crescer?

PETER

Vai ficar repetindo as minhas perguntas?

GENESIS

Talvez. Se elas forem boas o suficiente.

PETER

Vou ter que levar isso em consideração quando fizer a minha próxima pergunta.

GENESIS

Será que devo ficar com medo?

PETER

Ah, sim. Aterrorizada. Jornalista. É isso que eu quero ser quando crescer.

GENESIS

Trabalhar num jornal?

PETER

Jornal? Como assim? Tipo aquele negócio antigo em que as pessoas costumavam ler as notícias em papel impresso?

GENESIS

Não sei se isso vai funcionar.

PETER

Já? Bem, pelo menos este encontro durou mais que o meu com a Lydia Pinkett.

GENESIS

Isso ninguém nos tira.

PETER

Diga três coisas que você gosta de fazer.

GENESIS

São três perguntas.

PETER

Não, é apenas uma.

GENESIS

Bem...

PETER

Arrisco que você gosta de ler.

GENESIS

Por quê?

PETER

Já te vi lendo na escola.

GENESIS

É uma boa maneira de ficar na sua.

PETER

Entendo. Mas você gosta? Ou é apenas uma fuga?

GENESIS

São muitas perguntas numa só.

PETER

Eu sei. Voltando à pergunta original. Três coisas que você gosta de fazer.

GENESIS

Ok, tudo bem. Eu gosto de ler. Eu gosto de nadar no mar. E eu gosto de... teatro. Bem, costumava gostar.

PETER

Isto não pode ser.

GENESIS

O quê?!

PETER

Eis uma garota que gosta de comida picante, de ler por prazer, do mar, de teatro, e vive a vida livremente sem se preocupar com o futuro?

GENESIS

Como assim?

PETER

Você não é um estereótipo.

GENESIS

Nem me fale.

PETER

Eu até poderia, se você quisesse.

GENESIS

Vamos continuar.

PETER

É a vez de quem?

GENESIS

Minha. Acredita em Deus?

PETER

(Analisando a pergunta.)

Acredito, sim.

GENESIS

Certo.

PETER

Isso é um problema?

GENESIS

É a sua pergunta?

PETER

Sim.

GENESIS

Não.

PETER

Ótimo.

GENESIS

Então, você acredita em, tipo, evolução?

PETER

É claro! Você acha que todos os cristãos não acreditam na evolução?

GENESIS

Não... Eu... Me desculpe. E acredita no inferno?

PETER

Sim. Acredita em Deus?

GENESIS

Não que eu me lembre.

PETER

Agnóstica?

GENESIS

Sim. É um problema para você?

PETER

É a sua pergunta?

GENESIS

Sim.

PETER

Não.

PETER

Por que não me contou o motivo de sua mãe estar no hospital?

GENESIS

Pensei que íamos ficar na superfície.

PETER

Você não precisa responder.

GENESIS

Ela teve uma reação adversa a algum medicamento.

PETER

Que tipo de medicamento?

GENESIS

Um novo, pra controlar a ansiedade. E eles pensaram que ela tentou se matar. Quer dizer, eu também pensei por um tempo. Ally a encontrou. Mas ela não tentou. E não é fácil para alguém sair da ala psiquiátrica.

PETER

Uau. Pesado.

GENESIS

Sou barra pesada, Peter.

PETER

Dá pra notar.

GENESIS

Está sendo um momento muito intenso.

PETER

Dá pra notar isso também.

GENESIS

E quanto a você?

PETER

E quanto a mim?

GENESIS

Você tem esse tipo de, digamos... bagagem?

PETER

Não posso dizer exatamente que sim, mas não sou perfeito.

GENESIS

É isto o que você quer?

PETER

É a sua pergunta?

GENESIS

Sim.

PETER
(Pegando as mãos dela sobre a mesa.)

Sim. Quero muito.

(Luzes se esvaecem. A cena termina.)

Você pode sofrer câimbras

Eu ando penosamente pela neve rumo a South Point, onde o Peter mora. No verão, é uma caminhada fácil, mas agora parece que estou abrindo caminho através de uma barreira que eu não deveria penetrar. Estou queimando por dentro. Rasgando-me. Arrastando-me. À frente. Meu sangue borbulha de calor no gélido ambiente ao meu redor. Enfim, lá estou do lado externo da cerquinha branca que circunda a casa perfeitinha de Peter, onde ele mora com sua família perfeitinha, e observo as formas refletidas na janela onde sei que fica o quarto dele. Não vejo sua caminhonete estacionada do lado de fora, mas, mesmo assim, subo até a porta da frente.

Seu irmão mais novo abre a porta. Ele já está mais alto do que eu, o que aconteceu no outono, e seu cabelo loiro-acinzentado está meio espetado atrás, como se tivesse dormido de cabelo úmido. Ele fica ali comigo na varanda, atrás da porta apenas ligeiramente entreaberta. Olha para os lados, mas não diretamente para mim.

– Oi, Jimmy.

– Oi.

– Seu irmão está em casa?

Ele baixa o olhar para os pés descalços, que devem estar congelando aqui fora.

– Não.

Tento espiar atrás dele.

– Eu juro! Veja com os seus próprios olhos!

Ele escancara a porta e eu vejo a televisão ligada em um programa de esportes radicais e uma mistura de lanches na mesa de centro. A enorme gata cinzenta da família está empoleirada nas costas do sofá, lambendo as patas. Ela dá uma paradinha e fica nos encarando com a pata suspensa no ar. Quase dando um tchauzinho.

– Onde é que ele está?

Tudo o que Jimmy consegue fazer é balançar a cabeça e voltar a porta à sua posição entreaberta.

– A sua mãe está em casa?

– Estou sozinho. – Ele abre toda a porta de novo. – Tô falando sério!

– Onde foi a sua mãe?

Eu me sinto na pele de um detetive particular ou coisa parecida procurando desdobrar esse pobre menino que obviamente não quer se envolver.

– Ela foi, sabe, trabalhar.

Trabalhar. A ocupada sra. Sage e seus projetos comunitários e seus grupos da igreja e sua captação de recursos e seus almoços. Trabalho. Peter sempre disse que minha opinião sobre ela era limitada. Que, na verdade, ela fazia muito bem para a comunidade, que eu estava sendo muito rigorosa com ela. Eu, rigorosa com ela? Isso é engraçado.

– O que é hoje?

– Trabalho voluntário.

– Onde?

– Em Asbury Park.

Ele respira fundo e baixa o olhar.

– Vou sentir a sua falta, Gen.

– Sentir minha falta?

Eu sei o que essa frase significa, e não sei se consigo suportar ouvi-la justamente de Jimmy Sage.

Mas me preparo para o pior.

– Eu sinto muito por ele estar fazendo isso.

Quero pressioná-lo por respostas. Pressioná-lo a contar as conversas que tenha ouvido sem querer, ou talvez até mesmo algo que Peter tenha contado diretamente a ele. Mas só indago:

– Pode me dizer aonde é que ele foi, por favor?

– Não sei aonde ele foi, mas...

Ele pronuncia essa última palavra como se estivesse despencando de um precipício. Maaaaaaaaas...

Talvez estejamos caindo juntos.

– Mas o quê?

Eu até posso parecer calma ao espectador inocente, mas eu posso garantir: depois que eu salto desse penhasco e vou perdendo altitude, a pressão vai crescendo em meu peito até me sufocar.

– Eu sei que ele está com a Vanessa.

E eu me esborracho na terra fria e dura.

Jimmy joga os braços em volta de mim num abraço frouxo e desajeitado. Não quero admitir que não foi uma boa ideia vir até aqui. Antes de eu bater nessa porta, eu tinha um corpo. Agora sou um amontoado de ossos moídos.

Começo a ir embora e ele agarra o meu braço, então me viro.

– Genesis?

– Sim?

Ele respira fundo outra vez e pergunta:

– Será que Ally um dia vai voltar pra casa?

– Acho que não, Jimmy.

Ele dá de ombros como se já soubesse de antemão minha resposta e então endireita um pouco a postura.

– Sinto saudade dela.

Eu me lembro de que os dois formavam uma esquisita dupla de amigos cientistas que coletava e estudava insetos. Ficaram tão animados quando encontraram uma espécie rara de besouro-bombardeiro. Os dois ganharam umas bolhas na pele devido ao produto químico que esses insetos disparam como defesa.

– Ela está bem feliz morando em Nova York com meus avós.

Ele acena positivamente com a cabeça.

– Acho que eu também ficaria.

– Um montão de baratas para estudar.

– Sabia que as baratas conseguem viver sem cabeça por várias semanas? – indagou ele, abrindo um largo sorriso.

– Que coisa mais asquerosa.

– Bem, quem sabe na próxima vez que a minha mãe me levar ao Museu de História Natural eu possa combinar de vê-la.

– Quem sabe.

Eu sinto falta de Ally. Sinto falta de como ela pensava que rosquinha polvilhada tinha cheiro de formiga, e de como ela nunca queria escovar os dentes, e de como ela sempre preferia ver filmes antigos de detetive a desenhos animados.

– Eu te aviso na próxima vez que ela vier nos visitar, certo?

Ele acena positivamente com a cabeça.

– Quer que eu diga ao Peter que você passou por aqui?

Eu encolho os ombros porque realmente não sei. Tenho a impressão de que Peter é um fantasma.

– Jimmy.

– O que foi?

Aproveitando a deixa de Will Fontaine, eu digo:

– Não aceite qualquer merda do exército, garoto.

Ele sorri de novo, e eu desço pelo caminho.

Rose está em seu carro perto do acesso à garagem. Ela me seguiu até aqui.

– Vai pegar uma pneumonia se for andando. Larga de ser teimosa e deixa eu te dar uma carona pra casa.

Daí eu sinto aquela onda novamente me engolfando, prestes a chorar, mas não me entrego. Bravamente não me entrego. Eu tenho que parar de sentir pena de mim mesma. Ficamos ali sentadas no carro por um tempo recuperando o nosso fôlego. Meu fôlego? Reconstruindo meus ossos após a queda. De repente, um carro enverada pela entrada da garagem, bem à nossa frente.

Eu me abaixo para me esconder.

Com a cabeça entre os joelhos, indago:

– Quem é? É ele? Ele está enxergando a gente?

– Não é ele.

Por que deveria me esconder, afinal? Eu vim aqui para falar com ele. Levanto a cabeça, mas me precipito. O carro não havia se movido. Estava empoleirado na entrada da garagem como um falcão esquadrinhando presas. Ou: investigando quem são as pessoas suspeitas estacionadas na frente da casa. Sem dúvida, não é a caminhonete de Peter.

– Acelera! Acelera!

Rose arranca e se afasta do meio-fio, cantando pneus. Um som estridente e agudo vibra em meus ouvidos enquanto cruzo o olhar com a pessoa que está no banco do motorista: a sra. Sage. Ela se esforça para ver quem está sentada por trás do reflexo no vidro e, quando nossos olhares se cruzam, ela me reconhece e arregala os olhos, enquanto fugimos, sem dúvida, deixando faíscas.

– Rose! Por que você fez isso?

– Nem acredito que isso aconteceu mesmo! Achava que isso só acontecia nos filmes. Você acha que eu realmente sei cantar pneus?

Eu olho para trás e observo o carro da sra. Sage encolher e encolher até que dobramos a esquina e enveredamos na avenida principal.

E então sinto vontade de murchar no interior de minha mortificação.

– Aonde estamos indo? – quer saber Rose.

– Podemos ir à beira-mar? Eu preciso.

Vamos, então. Pegamos o caminho de volta ao meu bairro e à praia.

O vento aumenta com a proximidade do oceano. Flui em meus ouvidos como se eu estivesse correndo direto ao hálito de alguém. Deslizamos sob o corrimão, nos afastamos do passadiço e subimos na duna coberta de neve. Sei que tem um caminho e não podemos andar sobre as dunas, mas agora só consigo seguir em frente.

Sempre em frente.

Nossos tênis se afundam ruidosamente na neve que esconde a areia. Andamos até onde a água desliza sobre a neve e depois recua no vaivém das ondas. Fixo o olhar no horizonte azul-cinzento até onde a visão alcança, e já não sei mais onde termina o oceano, ou onde ele se mistura com o céu, as nuvens, a terra e o espaço.

Rose engancha um braço na minha cintura e se aninha ao meu lado. Eu fico me perguntando se ela me acha diferente. Algo realmente mudou.

Meu corpo. Quando eu estava grávida. Tipo, de uma hora para outra os meus seios praticamente dobraram de tamanho. Mas agora estou murchando. De volta ao que eu era. O vento fustiga de novo, e o cabelo de Rose gruda em seu rosto. Ela suspende o abraço lateral e puxa um longo fio de cabelo para fora da garganta. Eu fecho os olhos, e é a vez de meu próprio cabelo chicotear o meu rosto.

Será que a sra. Sage sabe o que aconteceu? O motivo de nosso rompimento?

Continuamos a fitar o horizonte. Lá do outro lado do oceano, onde tudo se confunde num borrão cinza.

– Lembra de quando escrevíamos os nomes dos meninos na areia e víamos as ondas os engolindo e os levando para o mar? – pergunta Rose.

Eu não respondo, mas me lembro.

– O que foi que aconteceu agora há pouco, Gen?

– Nada.

O oceano não espera nada de mim. É isso o que eu mais gosto nele.

– Nada?

– Acha que a sra. Sage nos viu?

– Ai, ai, eu acho é que a gente acordou a vizinhança inteira.

– Ai, meu Deus.

– Não é grande coisa, Gen.

– Não é grande coisa? Que arrancamos cantando pneu e fugimos da mulher que já acha que eu sou louca?

– Você tem razão. Aquilo foi horrível.

Esperamos um segundo, e então nós duas caímos na gargalhada ao mesmo tempo.

– Essa merda realmente só acontece em filmes.

– Bem-vinda à minha vida. Só que eu não acho que é um filme. Acho que é uma peça teatral, uma tragédia daquelas épicas.

– Sim, é mais parecido mesmo. O que aconteceu antes de fugirmos cantando pneus?

– Jimmy disse que lamenta que Peter esteja fazendo isso comigo.

– Fazendo o quê?

— Terminando o namoro, eu acho. Também disse que Peter tinha saído com a Vanessa.

Rose ergue as sobrancelhas.

Eu me sento na areia. Está fria e úmida, mas não me importo. Então algo me vem à cabeça.

— Acha que ele e a Vanessa têm algo além de amizade?

— Para ser sincera, não sei. Mas é possível imaginar que sim.

— Sério?

Isso é mais gélido do que o chão debaixo de mim.

— Não sei, Gen. Ela sempre teve segundas intenções. Você sabe disso.

— Eu só não tinha me tocado. E se ela contou aquela história sobre o meu pai só para nos separar? Para fazer a mãe dele se virar contra mim e nos enfraquecer? E limpar o terreno para ela? É uma ideia tão insana?

— Eu que sei? Talvez sim, talvez não. Mas é algo muito maquiavélico.

Faz sentido. Fazia todo o sentido ela contar meu segredo mais obscuro para fazê-lo escolher a família dele, as crenças dele, em vez de mim. E, daí, lá estaria ela para pegá-lo. Será que isso é pura paranoia psicótica? Ou tem um fundo de verdade?

Rose pega uma concha e escava montinhos de areia.

Sei que a Vanessa já gostava dele antes de começarmos a sair. Sei que ela ficou magoada quando nós ficamos juntos. Mas a esta altura já passou tanto tempo, certo?

Eu me levanto e aperto o capuz sobre as orelhas.

— Mas talvez não — emenda Rose. — Às vezes, as pessoas não são tão calculistas. Às vezes, a gente não sabe todo o dano que vai causar. As pessoas não pensam.

Vanessa pensa. E como pensa. E ninguém suspeita dela, com aquela fachada meiga. Ela é bem o tipo de menina que a sra. Sage aprovaria. De uma boa família. Futuro promissor. Será que esse tipo de plano realmente funcionaria? *Água mole em pedra dura tanto bate até que fura?* Ela insistiu tanto até que ele cedeu? Será que eu era tão difícil de lidar que ele precisou buscar refúgio em alguém mais fácil, mais segura, mais convencional? Será que ela o fará mais feliz?

Por ora, deixo isso pra lá. Afasto essas dúvidas de minha cabeça.

Refazemos nossos passos pelas dunas. Passamos pelos novos condomínios à beira-mar até o lugar em que as casas parecem correr o risco de desmoronar. Onde as pessoas desmoronam e ninguém espera nada delas, além de continuar. Nenhuma de nós fala nada. Não voltamos ao carro de Rose. Rose não briga comigo. A minha casa não fica longe, dá para ir a pé. Tudo o que eu quero fazer é me atirar na cama e me esquecer de hoje. E de ontem. E de anteontem. Me esquecer do telefone que não toca. Me esquecer de Peter e Vanessa, seja lá onde estiverem. Me esquecer de velhos amigos com planos cruéis. Me esquecer de que tenho que voltar para a escola amanhã. Não consigo imaginar a aparência dos corredores da escola. A aparência de qualquer uma de minhas salas de aula. Apaguei todos os lugares onde convivi com ele ou estive com ele.

Quando Peter entrou na minha vida, ele remendou os trechos em que os outros tinham deixado furos. Ally havia acabado de ir embora. Minha mãe virara um zumbi. E ele era tranquilo. Divertido. Fácil. Normal. Só que agora não sei mais o que isso significa. Porque não acho que pessoas normais fazem o que ele fez ontem quando me deixou.

Agora que ele se foi, descubro que nada está curado sob a colcha de retalhos que ele costurou. Não existem quaisquer instruções em qualquer lugar sobre o que fazer quando seu pai morre do jeito que morreu e depois o seu namorado te abandona na Planned Parenthood na hora em que você está fazendo um aborto. Cadê essas instruções? Por que ainda quero ficar com ele? Quem vai me dizer que eu não devo?

Não será minha mãe. Ela própria ainda continua desejando um fantasma.

Rose, talvez.

Delilah, provavelmente, quando eu contar a ela.

Pensei que eu quisesse algo normal. Pensei que Peter e sua família fossem normais. Pensei que isso poderia resolver tudo. Agora só quero descobrir a minha própria versão de normalidade. E reescrever o itinerário sobre qual caminho tomar, em qual esquina dobrar quando tudo dá errado.

ATO I

Cena 5

>(Esta cena acontece no corredor da escola, cheio de alunos, entre um período e outro. Estudantes passam, retiram livros dos armários, fazem rodinhas, contam fofocas, zoam etc., sem parar, em torno da ação principal.
>Ao abrir das cortinas, PETER procura algo em seu armário. Ele puxa tudo do armário e faz uma pilha no chão. Está na cara que não consegue encontrar o que procura.
>Genesis entra no palco pela direita, passa por ele, estaca e, numa espécie de reação retardada, fica observando por um segundo. Ela faz um gesto para atrair sua atenção, mas Peter está absorto no conteúdo do armário.
>Ela se afasta, e justo nesse momento ele encontra o que está procurando. Enfia tudo de volta e fecha o armário. Vira-se, recosta-se na parede e solta um suspiro de alívio.
>Agora, ele vê a silhueta de Genesis se afastando.)

PETER

Ei! Genesis!

>(Ela se vira. Os dois abrem um sorriso e se aproximam cautelosamente.)

PETER

Oi.

GENESIS

E aí?

PETER

Tá com pressa?

GENESIS

Humm. Não. Sim.

PETER

Certo.

(Pausa)

Como vai a sua mãe?

GENESIS

Bem. Não mudou muita coisa. Mas talvez receba alta hoje. Meus avós estão pressionando para isso.

PETER

Ótimo.

GENESIS

Estou torcendo.

PETER

(Pausa desconfortável.)

Ok, vou apenas falar.

GENESIS

Falar o quê?

PETER

Eu gosto de você.

(Pausa. GENESIS não sabe muito bem como reagir.)

Gosto mesmo. Não me importo com o que os outros pensam.

GENESIS

As pessoas já estão pensando?

PETER

Não, não é bem assim.

GENESIS

Ainda bem.

PETER

Você parece cética.

(ROSE passa e interrompe.)

ROSE

Gen! Eu estava te procurando! Por onde andou se escondendo? Ah, oi, Peter.

PETER

Oi, Rose.

(Outra pausa desconfortável.)

ROSE

Será que estou... interrompendo alguma coisa?

GENESIS PETER

Não. Sim, quer dizer...

GENESIS

Ah.

ROSE

Gen?

GENESIS

Pode ir. Eu já te alcanço.

> (ROSE olha desconfiada, mas, mesmo assim, se vira para ir embora.)

GENESIS (CONTINUA.)

> (Gritando para Rose.)

Guarda lugar pra mim.

> (Dirigindo-se de novo a Peter.)

Pois é.

PETER

Pois é.

GENESIS

Não entendo isso. É tão do nada.

PETER

Acha que é mesmo do nada?

GENESIS

Hãã... sim. Eu não sou seu tipo.

PETER

E o que é que você sabe sobre o meu tipo?

(Pausa.)

GENESIS

Nada. Mas imagino que menos complicado.

PETER

Dê algum crédito a si mesma.

GENESIS

Falou como a nossa extraordinária e profética orientadora escolar, a sra. Karen.

PETER

Vai ver ela lê as mesmas revistas de moda que eu leio nas salas de espera. Eu só... bem, eu... Ontem eu me diverti pra valer.

    (GENESIS tenta esconder que está adorando ouvir as palavras dele.)

PETER (CONTINUA)

Se estivéssemos no jardim de infância, eu a pediria em namoro.

GENESIS

Eu não...

PETER

Mas não é o que vou fazer. Outra coisa que as revistas aconselham é tentar sair de novo pra ver se a gente gosta um do outro. O nosso encontro não foi só divertido, também foi educativo.

GENESIS

Tenho que ajudar a minha mãe a voltar pra casa hoje.

PETER

Quando você estiver pronta.

GENESIS

Não posso fazer isso.

PETER

Não pode agora? Ou nunca?

GENESIS

Não sei.

PETER

Ainda bem.

GENESIS

Este não é um bom momento.

PETER

Eu sei. Mas estou aqui. Estarei esperando por você quando estiver pronta.

(Luzes se esvaecem até o blecaute.)

Evite atividades extenuantes

Escola hoje.

De alguma forma eu me contive e não liguei para o Peter ontem à noite.

De alguma forma ele também não me ligou.

De alguma forma foi bem mais fácil assim.

Por que hoje eu não posso deslizar pelos corredores como se tudo estivesse normal? Poderíamos deslizar de volta um para o outro e nem falar sobre esses últimos dias, antes de tudo se atomizar em pequenas partículas e começar a se remodelar em imagens de coisas que não sabemos como reconhecer.

Quero voltar ao dia em que ele me envolveu num abraço apertado, e eu me senti tão segura. Quando o mundo tremeu, e ele continuou a me abraçar.

Eu me esgueiro sala adentro para o primeiro período, é de tutoria. Abaixo o olhar e vou reto a um dos cantos do fundão. Wendy está lá, e ela sorri para mim. Acho que respondo com um tímido sorriso, mas não sei dizer exatamente o que meu rosto está fazendo. Concentro-me em *Matadouro cinco*, minha válvula de escape para quando não quero participar. Às vezes, é mais fácil encarar o bombardeio em Dresden do que as agruras do Ensino Médio.

Enquanto vou pulando de aula em aula durante a manhã, ninguém realmente fala comigo, mas sinto que os olhares voltaram. Aqueles olhares que parecem holofotes. A gente se ofusca, mas o espectador nos enxerga com clareza e iluminação perfeitas. O que eles enxergam? O que eles sabem? Eu mantenho a cabeça abaixada.

E de repente topo com Rose. Literalmente!

– Gen! Ei? Tá com pressa?

Demoro um instante para focalizar e perceber que consigo enxergar tudo claramente outra vez.

– Passei a manhã inteira sem te ver, sua doidinha. Tá me evitando?

– Não.

Ela me pega pela mão e me arrasta até o refeitório. O prato do dia é pizza. Em geral, Rose traz o almoço, mas o dia de pizza na escola é como um banquete de férias para ela. Uma folga dos rolinhos de arroz e legumes crus que sua mãe a obriga a trazer. Parece que muita gente tem a mesma sensação, pois a fila está com o dobro do comprimento habitual.

Só falta um amante de pizza em especial.

– Ele está aqui? – pergunto baixinho. Só tem a galera do primeiro ano na fila perto de nós, por isso não estou muito preocupada que alguém nos ouça, mas, só para me assegurar, eu tenho que perguntar. Rose corre um olhar meio lunático pelo salão.

– Quem?

– Não seja burra.

Ela se recompõe e me encara.

– Quem é que *você* está procurando, Rose? – eu pergunto.

– Ninguém – diz ela, um pouco rápido demais.

– Pode me dizer se avistou alguém que eu prefiro não ver?

– A barra está limpa.

Enquanto eu continuo a varredura, Will Fontaine entra no refeitório. Ele ergue a cabeça para nós e depois caminha em nossa direção, carregando um skate com a palavra "Bones" escrita na parte inferior da prancha. Eu realmente não quero lidar com Rose e sua malícia em relação a Will neste exato instante. Quem me dera alguns dos amigos dele estivessem aqui para que ele pudesse torrar a paciência deles e não a minha.

– Madames?

– Oi, Will – eu digo, desviando-me.

– Oi – Rose também entra na conversa.

Os dois trocam acenos de cabeça e sorrisos.

– Puxa, Gen, sinto muito – diz ele.

– Em relação a quê?

Ele abre a boca e procura palavras, dando uma olhadela na direção de Rose.

– Bem, fiquei sabendo que você e Peter terminaram o namoro. Pensei que vocês dois fossem meio que se casar ou algo assim.

– A gente não terminou.

Negação. Negação. Negação.

– Ah.

Alguém atrás na fila avisa que é a nossa vez de ir até o balcão.

Will pede à senhora que está servindo o almoço três fatias extras além das duas destinadas a cada aluno. Ela dá uma extra, com um grunhido.

– Isso é porque ela quer comer o que sobrar – murmura ele, e Rose dá uma risadinha. Eu olho para ela e depois para a gordura alaranjada escorrendo de nossas fatias retangulares. Por que ela está sendo tão amigável com ele?

Will nos acompanha até a nossa mesa de sempre. Até o nosso grupinho de colegas inteligentes e rebeldemente criativos. As pessoas que deixaram Vanessa desconfortável quando Rose me inseriu nesse mundinho. Um mundo colorido com tintura de cabelo azul e roupas todas pretas. Que preferem The Smiths a pop stars. Will abocanha a última de suas fatias numa única mordida antes de se despedir com um *"adieu"*. Ele pula em seu skate e sai rodando por uns três segundos até o sr. Padilla fazê-lo desistir da ideia.

– O que foi aquilo? – pergunto a Rose.

– Ah, eles estão sempre tentando separá-lo do skate.

– Não, isso não.

– Como? – Num movimento ágil, ela senta-se num banco.

– O rompimento. É isso que o pessoal anda falando?

Rose encolhe os ombros. Mas é claro que ela está sabendo. Perscruto os rostos de nossos companheiros na mesa. O que eles sabem? Falam e brincam e me enviam olhares solidários de vez em quando. Somente a Anjali, com quem contracenei numa peça teatral na nona série, pergunta se está tudo bem comigo. Rose assume a função de porta-voz.

– Hoje não vamos falar no Peter nem em nada relativo ao Peter.

Não sei quando decidimos isso, mas, por enquanto, deixa assim.

O assunto é o baile, e sei que Peter está no comitê de planejamento. Tínhamos combinado de ir juntos. Todos na mesa concordam: bailes são ridículos.

Todos, à exceção de Stevie, que, em vez disso, sobe ao palco para sua rotina de galantear Rose, coisa que temos que aturar todo santo dia.

– Rose, minha doce Rose, quer ir ao baile, né?

– Eu acabei de falar que bailes são ridículos.

Quanto mais ela diz coisas assim para Stevie, mais cresce a sua paixão incontrolável por ela. Ou pelo menos foi isso que ele já disse em monólogos passados.

– Mas, com o cara certo, talvez você cantasse uma melodia diferente? Dançasse num ritmo diferente? – Ele lambe os dedos e penteia as sobrancelhas para baixo antes de movê-las para cima e para baixo como um personagem de desenho animado. – Não vai me deixar tratá-la como a bela do baile?

Ela revira os olhos e leva um pedaço de crosta à boca.

– Não queira negar. Vai ser *gasoso*.

Stevie faz barulhos de peido com a axila. Sim, tem gente que faz isso fora dos filmes da década de oitenta, pelo jeito.

– Que coisa mais charmosa, Stevie – comenta Anjali.

– Quando você estiver pronta, minha princesa. Quando você estiver pronta. E então, Genesis! O que foi que houve com a Vanessa? – deixa escapar Stevie.

– Do que você tá falando?

– Corre o boato de que ela anda unha e carne com seu querido ex.

Existem várias partes dessa frase que me fazem sentir que sou feita de porcelana, e alguém, vagarosa e metodicamente, está batendo em minha pele com um martelo bola. Stevie, o irritante fabricante de peido de axilas Stevie, já está chamando Peter de meu *ex*? E me dando informações que aparentemente são de conhecimento público?

– Do que você tá falando?

– Não é nada, Gen. Você sabe como o pessoal gosta de boatos.

Essa foi a Rose. Foi a minha melhor amiga que acabou de falar essa parte. Minha melhor amiga que provavelmente deve estar me alertando: onde há fumaça, há fogo. Ah, sei lá, estão rolando fofocas que podem confirmar minhas paranoias mais profundas e também afetar diretamente o modo com que vou me comunicar com Peter e Vanessa, já que a minha próxima aula após o almoço é com essa duplinha que ultimamente se tornou *unha e carne*.

Se é que ele está mesmo aqui hoje. Se é que ele não está me evitando completamente. Mas voltando ao lento e dolorido estalar de minha armadura.

– Que merda é essa, Rose? Já ouviu isso também?

Todo mundo na mesa olha para baixo como se estivesse mentalmente cavando túneis para o próximo período de aula.

– Não acho que seja verdade. Quis confirmar as coisas antes de passar a informação adiante.

– Rose? Não acha que eu talvez quisesse saber sobre isso? Não acha que as coisas ficariam um pouco mais fáceis se eu soubesse o teor dessas fofocas?

Eu sinto olhares vindo de outras mesas, mas não me importo. Até que *isto* me ocorre:

– Eles sabem de algo mais, Rose?

Sei que minha voz está envenenada. Rose sabe exatamente o que isso significa. Aquela velha palavrinha de seis letras. Começa com A.

– Claro que não – ela sussurra de volta.

Eu pego minha mochila e me afasto da mesa.

Atravessando o salão, seguro a explosão dentro de mim com toda a minha força. Não estou pronta para isso. Como eu poderia imaginar que estava pronta para ver alguém, que dirá entrar na potencial zona de desastre que é a minha próxima aula? Escrita avançada com a professora Jones, que, de acordo com Wendy, secretamente escreve livros de amor, que pensa que não escrevemos com nossos corações. Nesse momento, não consigo encontrar meu coração em lugar nenhum, então acho que seria melhor evitar completamente essa aula.

Vou me refugiar no banheiro e rezar por solidão. Em vez disso, o universo me prega uma peça doentia e perversa. O banheiro está vazio, *exceto* por uma cabeça de cabelo cacheado passando fio dental na frente do espelho.

Vanessa.

Ela desenrola as extremidades do fio dental de seus dedos e o desliza entre seus molares. Em seguida, cospe na pia e se vira para mim.

Ali está Vanessa, que costumava ser minha melhor amiga. Talvez por conveniência, mas, mesmo assim, uma melhor amiga. A que revelou o segredo sobre a morte de meu pai. A que pensou que todos deveriam saber que não foi apenas um tipo especial de ataque cardíaco, mas sim uma overdose de heroína. Filha de drogado. A que pensou que eu precisava adicionar esse item ao meu currículo social.

Oi, sou a Genesis, e você me ouviu direito, meu pai morreu de overdose, injetando mais heroína que o corpo dele conseguia suportar, daí ele morreu.

Vanessa fez questão de garantir que todos soubessem disso.

E ela usou isso para dar em cima do meu namorado.

Nos entreolhamos durante sólidos vinte segundos. Mas não consigo ler sua expressão. Não é culpa. Não é pena. Duas coisas que eu meio que esperaria dela. Também não é arrogância. É meio neutra, para ser sincera. Por que ela não consegue ao menos me dar uma emoção de verdade para eu me agarrar? O que ela pensaria sobre a saída de Peter da clínica? Será que ela sabe? Deus, seria pior se ela realmente soubesse. Se ela estivesse por trás disso. Se ela o tivesse incentivado a fazer isso.

E se eles já estão juntos agora? Antes mesmo de eu falar com ele? E pensar que a última vez que nos vimos foi na sala de espera.

Antes de ele me abandonar.

– Oi, Genesis – ela diz, enfim.

Eu apenas a encaro. Aquela sensação de tsunami de ontem cresce em meus pés e sobe através de meu corpo.

– Você sabia que isso ia acontecer.

– Como é que é?

– Você devia saber que eu faço mais o tipo dele.

Então é verdade.

O maremoto se move em meu peito e, quando me dou conta, já a derrubei no chão e estou puxando seu cabelo e arranhando seu pescoço como um animal selvagem, e ela tenta se defender, mas sem revidar. Eu paro um segundo, e nós duas, ofegantes, tentamos recuperar o fôlego. Vanessa está deitada de costas, e estou montada em cima dela, meus livros espalhados ao redor.

– SAI de cima de mim! – ela grita.

Estou molhada entre as pernas. Então sinto uma pontada aguda em meu ventre, arqueio o corpo e saio de cima dela.

– O que houve? – pergunta Vanessa. Percebo uma sombra de preocupação em seu rosto. – Eu nem toquei em você.

Agora ela está em pé, e eu também me levanto. Quero rastejar ao banheiro e vomitar até as tripas, mas ainda não quero desistir.

Ambas nos fitamos, e ela ainda traz um leve ar de preocupação, mas daí se aproxima do espelho para examinar as marcas de arranhões em seu pescoço.

– Não consigo acreditar no que você tá fazendo, Vanessa.

– O quê? – indaga ela, de modo tão inocente que tenho um momento de dúvida.

– O que você tá querendo fazer? – eu pergunto.

– Se tá falando de Peter, é bom que você saiba que foi *ele* quem me procurou. Ele me disse que há meses não conseguia falar com você.

Eu deixo isso penetrar pelas rachaduras de minha pele. E depois eu fecho meu corpo de novo.

Vanessa continua.

– Vocês dois não tinham futuro, Genesis. Encare os fatos.

– Encarar? Você tem alguma ideia do que isso significa? Ele tem? Não parece que ele está encarando alguma coisa.

– Do que você está falando?

– Ah, ele não te contou?

– Me contou o quê?

Respiro fundo. Se ela não estava sabendo sobre o aborto, isso a deixaria escandalizada a ponto de talvez sentir nojo de Peter. Mas não posso fazer isso com ele. Certas lealdades são duras de matar.

E contar a Vanessa seria como enviar um e-mail em massa para toda a escola.

— Não importa, Genesis. Vocês dois nunca combinaram. Não ia dar certo. Todo mundo sabia.

Odeio tanto a cara dela agora. Eu a empurro. Só um empurrãozinho, jogando-a para trás. Daí junto toda minha força e dou-lhe uma bofetada.

Uma bofetada fria e dura.

Vanessa cambaleia na direção da pia bem na hora em que a sra. Karen enfia a cabeça no banheiro.

— Genesis! Vanessa! O que está acontecendo aqui?

Beleza.

Eu junto minhas coisas e vou em direção à porta enquanto a sra. Karen analisa os danos que infligi em Vanessa.

— Ei, mocinha. Onde é que você pensa que vai? Nós três vamos direto para a sala do diretor Lombardy. Ele vai avaliar o que devemos fazer com vocês. Brigando? Será possível?

— Não fiz nada – diz Vanessa.

— Ah, é mesmo? – eu digo, tentando controlar toda a minha fúria. – Você não fez *nada*?

— Nada para ser agredida!

— Meninas! Por favor! Contem isso na diretoria.

Eu balanço a cabeça e continuo andando rumo à porta. A sra. Karen começa a protestar novamente e eu a interrompo.

— Relaxa, eu sei. Estou indo para a sala do diretor Lombardy. Não aguento mais ficar aqui.

Não aguento mais ficar em nenhum lugar. Neste banheiro. Nesta escola.

Na minha maldita pele.

ATO I

Cena 6

(Esta cena acontece na biblioteca. Mesas estão dispostas com alunos trabalhando individualmente nos projetos. GENESIS, ROSE e VANESSA estão sentadas a uma mesa.)

ROSE

Desembucha.

GENESIS

Desembucha o quê?

ROSE

Não se faça de boba comigo. Vi com meus próprios olhos algo entre você e uma certa pessoa de quem você não parava de falar no outro dia.

PROFESSORA

Meninas, este local exige silêncio.

ROSE

Sinto muito, prof^a Hamm.

(As moças observam até que a PROFESSORA esteja ocupada novamente.)

VANESSA

Do que vocês duas estão falando?

GENESIS

De nada. Não estamos falando de nada. Estamos trabalhando em silêncio durante o tempo de estudo independente.

ROSE

É. Mas tem coisa mais importante pra discutir do que o Renascimento e a Reforma.

GENESIS

A profª Hamm pensa o contrário.

> (Tenta sinalizar a ROSE que ela não quer falar na frente de VANESSA.)

ROSE

Ele estava tentando te convidar pra sair?

GENESIS

Não.

ROSE

Declarando amor e devoção eternos?

GENESIS

Não!

VANESSA

Quem?

GENESIS/ROSE

Ninguém. Peter Sage.

VANESSA

O quê?!

GENESIS

Não é nada.

VANESSA

Você gosta do Peter Sage?

GENESIS E PROFESSORA

Shhhhhhh!

(Pausa longa. Elas fingem trabalhar.)

ROSE

Gosta dele, sim. E ele também gosta dela!

VANESSA

(Erguendo a voz um pouco demais.)

Isso é verdade?

GENESIS

Não sei.

PROFESSORA

Será que vou ter que separar vocês três?

VANESSA

Profª Hamm, posso ir ao banheiro?

(Ela sai. Pálida.)

ROSE

O que é que foi aquilo?

GENESIS

Às vezes, você é tão tosca.

ROSE

Uuiii?

GENESIS

Ela tem uma quedinha por Peter Sage desde o jardim de infância. Só isso.

ROSE

Ainda? Cara, pensei que ela já tivesse superado isso depois de ele a ter rejeitado em três bailes consecutivos no Ensino Fundamental II.

GENESIS

Não me lembrava disso.

ROSE

Ah, sim. Foi patético. E um tempo depois ela saiu com Kyle Peacock.

GENESIS

Por um piscar de olhos.

ROSE

Me disseram que eles chegaram nas preliminares.

GENESIS

Que nojo. Enfim, parece que ela não virou a página em relação a Peter. Será que devo ir falar com ela?

ROSE

Vocês duas praticamente deixaram de ser amigas. Se após dez anos não aconteceu nada, é bem provável que nunca aconteça. Certo?

GENESIS

Eu deveria me sentir mal?

ROSE

Por quê? Tá rolando algo?

GENESIS

Acho que tivemos nosso primeiro encontro. Ontem.

ROSE

Puxa vida! Por que não me contou?

GENESIS

Estou contando agora!

ROSE

Já passamos por quatro períodos e MAIS o almoço e não passou por sua cabeça que eu poderia estar interessada nessa informação? Isso é incrível. É mais do que incrível.

GENESIS

Acalme-se, Rose.

PROFESSORA

Não vou pedir de novo, mocinhas.

ROSE

Peraí um pouquinho. Você me disse que ia visitar sua mãe ontem.

GENESIS

Nós fomos.

ROSE

Nós fomos? Nós? Você e o Peter foram ao hospital juntos?

>(GENESIS abre um sorriso e faz que sim com a cabeça.)

Foi esse o primeiro encontro de vocês?

GENESIS

Sim. A gente comeu na lanchonete.

ROSE

Você é uma figura, Genesis Johnson. É por isso que eu te amo.

GENESIS

Mas a coisa ficou meio enrolada.

ROSE

Ah, sim, seu primeiro encontro foi na lanchonete de um hospital. Isso é enrolado.

GENESIS

Essa parte foi perfeita. Acho que tô meio enrolada hoje.

ROSE

Como assim?

GENESIS

Tipo, eu disse a ele que não era um bom momento para mim.

ROSE

Sim, acho que não é mesmo. Mas e daí? Na real, pode ser o momento perfeito. Vai lá e desenrola essa história! Vai! Faça isso agora!

GENESIS

Por que você está tão a favor de Peter Sage assim, de repente?

ROSE

Desde que percebi o quanto isso incomodou a Vanessa.

GENESIS

Você é uma sacana.

ROSE

Na verdade, não. Apenas gosto de te ver sorrir. Não se preocupe com a Vanessa. Ela vai superar.

GENESIS

Sabe-se lá o que vai acontecer? Ele logo vai perceber que sou uma canoa furada e vai pular fora.

ROSE

Você não precisa saber o que vai acontecer. E não diga isso sobre si mesma.

GENESIS

Eu realmente não entendo por que ele gosta de mim.

ROSE

Bem, você sente borboletas ou qualquer outra besteira na barriga?

GENESIS

Sinto, de verdade.

ROSE

Então vai lá e desenrola a história.

GENESIS

Certo.

ROSE

Agora! Vai logo!

GENESIS

Agora?

ROSE

Sim, por que não?

GENESIS

Porque parece que vou me enrolar mais, em vez de desenrolar.

ROSE

Ele está na sala ao lado. Vai lá e diz para a professora que a sra. Karen quer falar com ele.

GENESIS

Ela não vai cair nessa.

ROSE

Por que não? Ninguém sabe nada sobre você e Peter e nada do que tá rolando. Vale a pena tentar. Tire ele da sala por um minutinho e diga pra ele que você gosta dele.

GENESIS

Isso é loucura.

(ROSE rabisca um bilhete.)

ROSE

Entrega isso. Ninguém vai notar a diferença. A Carmichael não vai nem olhar.

GENESIS

Não acredito que você está me induzindo a fazer isso.

ROSE

Estou?

GENESIS

Por quê? Será que eu devo fazer isso?

ROSE

Claro que deve! Sem dúvida!

(GENESIS se levanta e vai em direção à saída.)

PROFESSORA

Onde é que você vai, Genesis?

GENESIS

Ao banheiro.

PROFESSORA

Espere a Vanessa retornar.

(VANESSA entra na hora certa. GENESIS aponta.)

PROFESSORA

Tá bem. Vê se não demora. O período está quase acabando.

(GENESIS sai.)

VANESSA

Aonde ela está indo?

ROSE

Ao banheiro. Dar um jeito nas coisas.

(Ela sorri enquanto as luzes esvaecem.)

Talvez você vivencie uma vasta gama de emoções

O diretor Lombardy é careca, exceto por alguns poucos fios de cabelo no topo de sua cabeça. Vasos sanguíneos salpicam a pele de seu rosto e um espesso bigode cinzento tapa os seus lábios superiores. Ele lembra um rinoceronte: parrudo, com olhos redondinhos e afastados.

— Não tenho outra escolha a não ser suspender vocês duas – diz ele sem qualquer vestígio de emoção. De novo, a falta de emoção nas pessoas. Quem me dera conseguir canalizar um pouco disso. Eu gostaria que algumas das emoções fervilhando como ácido em minhas entranhas simplesmente se neutralizassem.

— Mas isso não é justo! – esbraveja Vanessa. – Foi ela que me agrediu!

— Isso é verdade, srta. Johnson? Você é a única culpada?

Eu imagino o diretor Lombardy como um rinoceronte de desenho animado, com monóculo e bigode, me fazendo essa mesma pergunta com sotaque britânico. *Você é a ÚNICA culpada?*

Eu não respondo.

O diretor Lombardy olha para mim, depois para ela, depois para mim de novo, como se estivesse escrevendo seu veredito em ondas psíquicas.

Um fio balança da saia da sra. Karen, e me dá vontade de arrancá-lo. De desfiar tudo.

— Nesse caso – emenda ele –, srta. Stilton, vá à enfermaria desinfetar esses arranhões no pescoço. Depois volte para a aula.

— Não estou suspensa, certo? – diz Vanessa.

— Não. Você pode ir. Srta. Johnson, vá com a sra. Karen até a sala dela, e vamos chamar seus pais para buscarem você na escola.

A sra. Karen pigarreia e lança um olhar na minha direção. Não vou culpar um rinoceronte por não se lembrar de que o meu pai está morto e que a minha mãe não está muito melhor do que isso. Eles têm outras coisas com que se preocupar. Como evitar caçadores clandestinos. E pastar a relva da savana.

Vanessa se levanta, crava os olhos em mim e dispara:

— Você surtou. Eu me esforcei um monte com você, Genesis. Mas você surtou.

Eu cruzo os braços. Canalizo a falta de emoção. Eu e a cadeira debaixo de mim nos tornamos uma só.

— De todo modo, você não tem nem ideia do que está falando — completa ela. Ao ver que eu não respondo, ela sai da sala pisando firme.

— Minha mãe está no trabalho — informo ao diretor L. — Posso ir sozinha pra casa.

Ele meneia a cabeça, enche as bochechas de ar e, em seguida, acena com a mão para a sra. Karen, como quem diz: "Pode resolver isso".

Suspensa por três dias. Como se a galera da escola já não tivesse o suficiente para falar a meu respeito. Agora estou suspensa e sabe-se lá quanto tempo vai levar para descobrirem a outra coisa. Se Peter contar a Vanessa, já era.

— Sente-se, Genesis — diz ela ao chegarmos à sala.

A sra. Karen tem o tipo de sofá mole que engole a gente, com um montão de almofadas coloridas. Eu tive que vir aqui uma vez por semana desde o segundo ano. Todo mundo com morte na família tem que vir. Mas só outra menina da escola havia perdido a mãe. Frederica Thompson. A mãe dela morreu de câncer de mama. Parece uma situação bem mais fácil de lidar. Tudo que ela recebeu foi solidariedade. E não julgamento por seu consumo de drogas ou por quão egoísta fora com as duas filhas e uma esposa para cuidar e tudo o mais. Falei isso a Frederica uma vez e agora ela nem olha pra mim. Acho que foi um comentário insensível. Outro garoto perdeu o irmão num acidente de carro. Quem causou o acidente foi o motorista do outro carro, que estava embriagado e também morreu. Se aquele motorista tivesse filhos nesta escola, talvez eles pudessem saber como eu me sinto. Com a diferença de que o meu pai matou só uma pessoa: ele mesmo.

– Sra. Karen, estou precisando muito ir ao banheiro.

Eu me imagino sangrando em cima de todas aquelas almofadas chiques, mas ela não me deixa ir. E demora quinze minutos para convencê-la de que não estou a fim de conversar hoje e que, assim que eu voltar da suspensão, eu juro que vou dizer a ela o que está acontecendo comigo. Sou obrigada a garantir a ela que são assuntos pessoais que não têm nada a ver com minha situação lá em casa. Minha mãe está bem. Já voltou a trabalhar. Agora, ela cuida de si mesma. Não estou mais fazendo tudo sozinha. Sei que ela não ama o trabalho dela, mas sei que é bom para ela sair da cama todos os dias e ir a algum lugar.

– E como vai a sua irmã?

– Vai bem, eu acho.

– Sente falta dela?

Que tipo de pergunta é essa?

– Claro que sinto falta dela.

– Mesmo assim, acha que foi a decisão certa ela ter ido morar com os avós e você não?

Quantas vezes e de quantas maneiras diferentes a sra. Karen me fez essa pergunta? De quantas formas vou ter que dizer a ela que a minha mãe precisava de mim? Que não havia escolha? Eu estava determinada a não a perder também.

E isso poderia ter acontecido se ela perdesse todo mundo.

Eu tentei:

Ela não se dá bem com meus avós. As brigas a teriam matado, e eu não preciso de pai e mãe mortos. (Desculpe! Sou meio sarcástica!)

O meu pai foi a única pessoa que a minha mãe amou na vida. Ela nos ama, mas o amor deles era algo fora do comum. Do tipo que completa. Aquele amor foi embora junto com ele. Uma parte da alma dela foi embora. Uma parte dela morreu. Tivemos que manter um pouco do chão onde ela pisa. (Isso não se baseia na realidade, comentou a sra. K.)

Recebemos ajuda. Meus avós nos dão apoio financeiro, e a tia Kayla veio todos os dias, quase sempre com a Delilah, por um ano inteirinho. Ela não faltou um dia sequer. Nem em feriados, aniversários, nem mesmo num dia tão banal quanto uma terça-feira. Nunca. Ela nos deixou conectadas com o mundo real, em sincronia com o calendário que temporariamente desaprendemos a ler. (Sem resposta, mas acho que isso foi um sinal positivo.)

Não foi uma pressão exagerada sobre mim. Mantive as minhas notas, mesmo quando precisei faltar um montão de aulas. Não é assim que as pessoas medem tudo? Pelo nível em que conseguimos manter as nossas notas? (Essa é uma simplificação, disse ela.)

Ninguém a conhece como eu. Isso se tornou ainda mais verdadeiro, agora que ele se foi. Acho que eu simplesmente sabia que ela precisava ficar, e que Ally precisava de mais orientação. E quem melhor para fornecer mais orientação do que as duas pessoas que estavam ansiosas por consertar os erros que fizeram com a minha mãe? Ally se tornaria o que eles esperavam que a minha mãe fosse ser. (Ela considerou que essa colocação foi muito perspicaz. E eu também.)

Seja lá como for, Ally está morando em Nova York e frequenta uma escola com um excelente programa de cientista júnior. Agora ela não gosta só de besouros. Gosta de produtos e compostos químicos. E de ciência forense.

– Quando foi a última vez que você a viu?
– Já faz um tempinho, mas acho que vamos marcar um jantar.
– Isso seria maravilhoso. Tentem combinar isso.
– Certo, sra. Karen.

Para ser sincera, eu até gosto da sra. Karen. Ela é bem-intencionada. Estar por dentro da vida de todo mundo é o trabalho dela, eu acho. Mas acho que isso está a incomodando. Ela sempre parece cansada. E as roupas dela ficam empapuçadas em pregas e dobras. É como se estivéssemos sugando a vida do corpo dela.

Preciso convencê-la de que não tem problema nenhum em eu ir a pé para casa com esse tempo. Que a longa caminhada na verdade vai me fazer bem. Ela me deixa ir, mas repousa a mão em meu ombro antes de eu sair pela porta.

– Genesis, tem uma coisa que não está batendo nessa história. Não consigo enxergar você como alguém capaz de ir às vias de fato. De agredir alguém fisicamente. Quero saber mais sobre suas motivações. Sei que você está suspensa, mas quero você aqui no primeiro período, amanhã de manhã, para falarmos sobre isso. Depois eu libero você.

Saindo da sala da sra. Karen, eu baixo o olhar em direção ao sofá, esperando ver uma mancha de sangue, mas não tem nada ali.

Após uma rápida passadinha no banheiro, enfim estou fora da escola, e abro o meu telefone para ligar para Peter. Ele está na lista de meus favoritos, é claro. Mãe, Peter, Rose, Delilah, tia Kayla, Ally. Agora devo tirá-lo da lista? Como é que eu devo agir, mais exatamente? Como seguir em frente se você ainda está rodopiando na angústia de ter sido abandonada?

Ele está em aula, mas quero deixar uma mensagem. O ar fustiga a minha mão nua.

– Olha, Peter, não estou tentando ser uma psicopata ou coisa parecida...

Quer dizer, acho que não estou. Embora eu me sinta um pouco totalmente psicopata.

– Só estou, sinceramente, superconfusa. Acho que, após um ano e meio, você me deve algum tipo de... Sei lá... explicação ou...

Eu troco de mão e de ouvido e enfio a mão congelada no bolso.

–... Fui suspensa hoje. Certamente você vai ficar sabendo. Enfim. Vê se me liga. Por favor.

Não consigo me despedir. Apenas desligo. Com as mãos nos bolsos e o capuz sobre a cabeça, ando em linha reta em direção ao oceano.

Na praia, o sol está em guerra com as nuvens, brilhando forte através delas e depois se ocultando no céu cinzento. Caminho até a antiga doca e me sento num dos tocos semelhantes a troncos que emergem da areia. A maré levou embora a neve. Um bando de gaivotas aglomera-se sobre centenas de brilhantes conchas de mexilhão preto. Uma gaivota dá uma bicada num copo de isopor antes de guinchar e se enfiar na linha do bufê de frutos do mar.

Tento respirar os aromas a meu redor, mas é como se tudo, até mesmo o ar, estivesse congelado e vazio. No verão a doca cheira a protetor solar e a cachorros-quentes. As meninas fazem coques no cabelo e desamarram as cordas dos biquínis para um bronzeado uniforme. Gosto de afundar os dedos dos pés na parte mais úmida da areia. Peter gostava de catar novas sardas na minha pele após um passeio na praia e beijava cada uma delas.

Vocês dois não tinham futuro, Genesis. Encare os fatos. Palavras de Vanessa. Isso é verdade? Todas as coisas boas se apagam quando surgem os problemas? Nosso caso não tem conserto? Não vamos tentar de novo?

Eu luto contra o desejo de ligar a Peter outra vez. Eu quero ser a pessoa a contar a ele o que aconteceu hoje no banheiro, mas essa tarefa já não é minha. Agora sou uma garota que se mete em brigas e fica suspensa. Peter nunca gostou dessas meninas.

E se eu tivesse mantido o neném? Muitas garotas conseguem ser mães, terminar o Ensino Médio e depois ir para a faculdade. Eu poderia ter feito isso. A gente teria se casado? Um neném faria a gente se grudar de novo? A sra. Sage perdoaria meu *passado negro*, e ela poderia cuidar do neném quando eu tivesse aula à noite ou coisa parecida. Talvez o neném tivesse ajudado a minha mãe a superar tudo o que ela precisa superar. Talvez fosse justamente o que a minha mãe precisava. Mas o pior pensamento foi este: o que meu pai faria se soubesse o que Peter fez comigo?

Não posso fazer isso comigo. A sra. Karen diz que não é saudável pensar assim.

Se ficar com o bebê significava agarrar-se também a Peter, por que eu só sinto alívio? Não consigo visualizar uma imagem minha segurando um bebê que fizemos juntos, e vê-lo crescendo, e aprendendo conosco. Não era a hora certa para nós. Nunca devia ter acontecido. E ele concordou, sei que ele concordou. Então por que se afastou?

Estou com muito frio para ficar parada, então volto em direção à cidade, mas somente após desenhar um "P" na areia com a minha bota e observar o oceano apagá-lo.

Eu deveria estar triste? Neste exato instante, a única tristeza que eu sinto é ter perdido Peter em algum lugar dessa história. Será que ele já virou a página? Será que é isso que eu também devo fazer?

De novo, o meu celular vibra no bolso. Meu coração para de bater e eu fico paralisada.

Não é Peter.

É Delilah.

A esta altura eu já deveria estar acostumada a *não* ser Peter.

– Oi, prima – eu digo, recuperando meu fôlego.

– Tudo joia, prima?

A habitual saudação dela.

– Mais ou menos.

– Você sumiu.

Acho que isso explica as coisas. Eu sumi. Não estou mais aqui.

– Genesis?

– Sim?

– Está meio distraída ou coisa parecida?

– Só estou vagando por aí.

– Falei com a Rose.

Sei o que isso significa. Rose, que consegue calar o bico sobre coisas como indícios de que Vanessa e Peter estão juntos, mas acha que é sua responsabilidade informar minha prima sobre o que está acontecendo comigo, tinha dado com a língua nos dentes.

– Oi? Genesis, quer fazer o favor de falar comigo agora?

– Me desculpe. Ela te contou tudo?

– Sim.

Coisas acontecem dentro de mim, meio parecidas com terremotos ou tempestades de granizo. Mas não posso me descontrolar. Não posso chorar andando na rua.

– Tudo bem contigo?

Lá vem ela de novo. Essa maldita pergunta. Como é que vou saber?

– Fui suspensa hoje.

– Como?

Eu dou uma risada. Um riso do fundo de minhas entranhas. A gargalhada irrompe e assusta um cachorrinho passeando na guia, o que me faz rir ainda mais. Escuto Delilah tentando atrair a minha atenção, mas não consigo parar. Risos e lágrimas, e já não me lembro por que estou rindo se tem algo que está praticamente me matando.

E então eu paro.

Respiro fundo. O ar é um pingente de gelo grudado em meu nariz. Como um excêntrico piercing.

Fico em silêncio.

– Gen? Você está aí?

– Sim.

– O que diabos aconteceu?

– Acho que uma onda me engolfou ou coisa parecida.

Ofegante, eu luto contra o inverno para respirar.

– Por que você foi suspensa?

Umas risadinhas escapam como bolhas flutuando à superfície.

– O quê? – ela indaga.

– Bem, eu meio que agredi a Vanessa no banheiro feminino.

Ela solta uma bufada.

– Sim, você se lembra da Vanessa? Minha ex-melhor amiga? Ela já está namorando o Peter. De verdade.

– O quê?!

Eu estou rindo de novo, mas não tem nada de engraçado.

– Que coisa mais sórdida.

– O quê? O que eu fiz?

– Não, o que *ela* fez.

– Ela é...

Não sei como terminar essa frase. O que ela é? Na verdade, não sei. Era uma vez um dia em que eu, de certa forma, também a prejudiquei. Mas aquilo foi totalmente diferente. Não foi? Estraguei tudo. Não fui justa com ela sobre o que estava acontecendo. Sei que isso a magoou, e eu ignorei isso.

– Não me lembro direito. Sei que tentei arranhar a garganta dela.

– Meio esquisito, né? E bruto.

– Acho que sim.

– Ah, Genesis.

Eu balanço a minha cabeça.

– Você está bem? A sua mãe sabe que você foi suspensa?

– Não sei. Ainda não liguei pra ela. Acho que alguém da escola deve ter ligado.

– Sim, talvez.

– Talvez.

– Você está precisando de algo?

– Não sei direito.

– Bem, estou voltando para Jersey agora. A gente podia se encontrar.

– Mesmo?

– Sim. Fui convidada para fazer uma leitura no Café Solar, e eu não visito a minha mãe faz umas duas semanas, então estou indo passar o findi em casa.

– Hoje à noite?

– Sim. Interessada? Vai ser suave.

– Já estou no centro. Eu poderia matar um tempo em vez de ir para casa.

– Sério?

Delilah faz saraus com seus poemas e contos no Café Solar desde os 14 anos. Ela é meio que uma celebridade em nossa cidadezinha. Ou pelo menos todos acham que vamos dividir os méritos da fama quando ela escrever um romance best-seller ou algo assim. Eu adoro assistir às leituras dela.

– Tenho que passar em casa rapidinho, mas vou tentar chegar mais cedo para colocarmos o papo em dia.

– Legal.

– E eu tenho umas novidades para contar – ela começa, mas recebo um sinal de chamada em espera. O calor aumenta no interior de meu peito. Uma queimação. Baixo o olhar e percebo que ainda não é Peter, mas Rose.

– A Rose está na outra linha, Delly. Podemos continuar a falar daqui a pouco?

– Hã... certo. A gente se fala logo mais.

Penso em deixar a chamada cair na caixa postal. Acho que estou tentando ficar braba com ela agora. Estou brava com ela. Eu acho. Sim, não foi legal não me contar o que estava rolando. Ela não pode ser uma fofoqueira seletiva; ela tem que me contar quando a história me afeta.

Eu atendo.

– Que droga, Genesis? – reclama ela em seu tom mais agudo. Tenho que afastar o telefone da minha orelha.

– Hã, eu não poderia dizer o mesmo?

– Falando sério, Genesis, me desculpe por não ter te contado o que ouvi. Pensei que você ia ficar arrasada. Por favor, será que a gente pode pular essa parte? Que tal você me dizer o que, afinal de contas, aconteceu no banheiro? E onde é que você se enfiou agora? Trouxe a sua tarefa escolar, estou na sua casa. A sra. Karen me rastreou e me pediu para te entregar, mas não me disse mais nada. Só fiquei sabendo o que o pessoal está comentando. Que você está fora de si.

Cuidado com a Genesis. Não provoque a Genesis. Vislumbro o meu reflexo numa janela e quero erguer o colarinho como um cara durão.

– Você viu Peter quando entrou para pegar o meu dever de casa?

– Primeiro você tem que responder as *minhas* perguntas.

– Não tenho, não.

– O que é que houve, Gen? Ando preocupada com você. Sabe, preocupada com a sua saúde mental.

– Rose, estou bem. Estou no centro. A Del vai fazer um sarau no Solar.

– Aaaaaaaaai, meeeeeeeu deeeeeeus – exclama ela, esticando as três palavras em umas dezesseis sílabas. – Qual é o tópico hoje? Não vou aguentar se ela falar de novo sobre arder até a morte. Aquilo foi intenso demais.

– Não sei. Provavelmente, algo nessa linha. Quer me encontrar lá?

– Pode ser que sim. É que hoje à noite, err, eu já tenho um encontro marcado.

– O quê? Um convite para sair?

– Algo assim.

– Quem é a sua próxima vítima, Rose?

– Ah, isso é irrelevante. Vai conhecê-lo esta noite.

– Certo.

Um homem misterioso. Maravilha. Talvez isso tire um pouco o foco de cima de mim para variar.

– Ei, posso fazer algo para ajudar a sua mãe enquanto estou aqui?

– Ela já chegou em casa?

– Não.

– Ela está bem. Ela não está precisando de nada.

Eu acho.

Eu espero.

Neste exato momento, não consigo me importar com isso.

ATO I

Cena 7

>(Esta cena acontece novamente no corredor da escola, só que desta vez ele está vazio. GENESIS e PETER caminham devagarinho.)

PETER

Não estamos indo para a sala da sra. Karen, estamos?

>(Pausa. GENESIS não responde.)

Você é imprevisível, não é?

GENESIS

Estou pronta.

PETER

Como?

GENESIS

Você disse que ia esperar até eu estar pronta.

PETER

Eu me lembro.

GENESIS

Estou pronta.

PETER

É mesmo?

GENESIS

Sim.

PETER

Bem, então acho que eu devia te dar um beijo.

GENESIS

Também acho.

PETER

Podemos ser pegos no flagra e acabar na diretoria.

GENESIS

Você já esteve lá antes?

PETER

Nunca.

GENESIS

Nem eu.

PETER

Vale a pena correr o risco?

GENESIS

Sim. Sim. Claro que sim.

(Os dois se beijam. Primeiro, de modo suave, depois cada vez mais intenso.)
(As luzes esvaecem.)

Converse com alguém se vivenciar um sentimento de desinteresse

Duas horas depois, quando já estou completamente descongelada bebendo meu terceiro *chai latte*, Rose irrompe restaurante adentro e perscruta o salão com seus olhos imensos. Ela passa rapidamente pelo barbudo dedilhando canções tristes em sua guitarra e atravessa o mar de canecas, poltronas que não combinam e velas em potes de vidro. Então escuto:

– Genesis. Ótimo. Cheguei primeiro.

– Primeiro?

Observo que ela está com as bochechas manchadas e um fininho bigode de suor que ela ainda não enxugou. Ela não responde à minha pergunta nem senta ao meu lado. Em vez disso, ela indaga:

– Continua enlouquecida, Gen?

A voz dela corta as melodias suaves do cantor. Gesticulo para ela modular a voz um ou dois tons. Talvez uma oitava.

– Não curti aquilo, Rose. Foi muito constrangedor hoje.

– Eu sei. Pisei na bola. Sinto muito, de verdade. Mas saiba que eu pensei mesmo que estava te protegendo. Ou talvez eu estivesse querendo negar os fatos.

Encruzilhada: ficar zangada com a minha maior aliada por uma questão de princípios, ou seguir em frente e aceitar que ela queria fazer a coisa certa?

Mas eu já a perdoei antes mesmo de ela pedir desculpas. Agora eu preciso de meu exército completo. Um soldado já está Desaparecido Em Ação (será que Peter era um soldado?), e as fileiras não podem se desfazer por causa disso.

— Certo, Rose. Só não faça mais isso comigo. Sou mais esperta do que isso, e consigo suportar bem mais do que...

— A maioria dos ursos — ela termina a minha frase, e damos risada.

É isso que o primeiro assistente social teria me dito. Após o incidente de minha mãe com os medicamentos, eu tive que conversar com ele no hospital. Peter não soube por que demorei tanto lá em nosso "primeiro encontro". Aquele cara falou comigo como se eu fosse uma criancinha. E me disse essa frase do Zé Colmeia, que eu era mais esperta que a maioria dos ursos. A história sempre me incomodou, mas Rose me ajudou a achar graça nela.

A porta da frente se abre com um tilintar, e Rose gira a cabeça na direção do som — focalizando, procurando. O céu tinha escurecido para um azul-marinho, quase preto. Ela tem o mesmo olhar distante de quando estávamos no refeitório hoje cedo.

— O que está acontecendo com você, Rose?

Ela finge que não ouviu minha pergunta enquanto tira os agasalhos.

— Você comeu? Estou morrendo de fome. Vou pedir uma sopa ou algo assim. A Delilah já chegou?

— Não. Só eu, o sr. McGee e suas baladas tristonhas. E estou sem fome.

O rosto dela muda de um pouquinho menos disperso para um pouquinho mais sério.

— Está deprimida, Genesis?

A sra. Karen me pergunta todas as semanas se eu estou deprimida.

— Rose. Vá pedir uma comida.

Ela sorri e belisca meu cotovelo. Daí cantarola meio alto demais enquanto passeia até o balcão.

A próxima a entrar no local é Delilah, e se deixa cair numa cadeira do outro lado da mesa.

— Quero ouvir tudo. Sério. Tudinho. Mas ainda não resolvi ainda o texto que vou ler, então pode apenas me ignorar uns dez minutos? Por favor?

Devo estar no palco de um teatro do absurdo. Todos esses personagens entram e saem com diálogos e perguntas cortantes e eu estou presa nesta cabine. Acho que ingeri cafeína demais. De volta à mesa, Rose divide ao meio o sanduíche de queijo derretido.

— Toma aqui, vamos repartir isto.

Eu olho para ela, mas não creio que os atores deveriam compartilhar sua comida com a plateia. Coloco um quarto do sanduíche de volta no prato dela.

— Ei, Dee para a L-I-LAH — canta Rose, puxando um longo fio de queijo do sanduíche para dentro da boca. — Está pronta para sacudir este negócio?

— Nasci pronta, Rose. Não é o que parece?

Não consigo evitar, mas me sinto cada vez mais longe. Não sei as minhas falas. Não sei o que devo dizer. Delilah não tira o olhar de seus cadernos, a franja preta grudada na testa. Alguém podia acertar a regulagem do aquecedor, porque está muito quente aqui dentro.

Rose mergulha o sanduíche numa tigela de sopa de tomate e chupa o pão antes de enterrar os dentes em outra mordida no queijo luxuriante.

— Nossa! Eu amo sanduíche de queijo derretido. Por que será que são tão deliciosos? Pode ao menos responder essa pergunta?

— Rose, pode calar a boca por um minuto? — roga Delilah. — Tenho que resolver isso antes de Curtis dizer que é a hora do show.

Como se fosse a deixa, o gerente ou coisa-que-o-valha em calças de veludo marrom e suéter estampado aproxima-se por trás de Delilah. Ela olha para baixo e, em seguida, ergue o rosto com um sorriso brilhante, resplandecente.

— E aí, Curtis!

— Está pronta, querida?

— Ela nasceu pronta, Curtis — diz Rose, divertindo-se um pouco além da conta.

— Sim, totalmente — responde Delilah, com um rápido olhar de soslaio na direção da Rose. — Só estou organizando minhas anotações. Ainda não está na hora, né?

— Não. Faltam quinze pras sete. Se quiser, podemos começar mais tarde. Esse cara nunca termina até eu arrancá-lo do palco com o meu grande gancho dourado.

– Sete horas está bom para mim.

Curtis afasta-se saltitante e eu o percebo inalando profundamente a taça de café que a barista com cabelo cor de arco-íris serviu para ele. Ele faz uns gestos ridículos com as mãos e parece prestes a entoar alguma canção gloriosa, de tanto que gostou do aroma do café.

– Sério. Genesis. Desembucha – diz Rose. – O que foi que aconteceu no banheiro hoje? Vanessa reagiu como se alguém tivesse tentado assassiná-la.

– Por favor – roga Delilah, segurando a mão dela. – Também quero ouvir isso. Só preciso de mais uns minutinhos.

Rose dá socos no ar e acerta o meu rosto entre um *swing* e outro, com a respiração pesada e um gingado. Eu mordisco a quarta parte do sanduíche de queijo. O rosto dela gira de novo em direção à porta que se abre, e por ela entra Will Fontaine, perscrutando metodicamente a multidão. Beleza, vou ter que lidar com isso também.

Rose sussurra rápido:

– Meu namorado chegou.

Santo ponto cego, Batman! Will Fontaine. Will Fontaine, sobre quem a Rose me contou um monte de podres e relatou por horas a fio sobre o quanto ele é sexualmente repulsivo, e como diabos ele consegue tantas garotas, e por que diabos eu sempre quero beijá-lo, e como diabos é possível que WILL FONTAINE e ROSE MEYER estejam aqui para a estreia pública do casalzinho em pleno recital da minha prima?

Agora sou catapultada ao "setor de nariz sangrando" do público. Meio que avisto as imagens se formando à minha frente, a distância. Vai me desculpar, enquanto eu ajusto meus binóculos, mas é verdade que ele acaba de beijá-la no rosto com ela fechando os olhos e sorrindo?

– Dá para notar que você ficou chocada.

– Isso é apenas a ponta do iceberg de como me sinto neste momento. Acho que eu grito a frase para eles.

– Oi, Gen, isto é legal, não é? Este é o Will. Este é o Will gritando para mim na fila ZZZZZ assento 1000009.

– Humm. Como?

O sorriso ilumina o rosto de Rose.

Então era isso que estava acontecendo enquanto eu estava quase pirando por estar grávida e guardando segredos e sentindo o meu chão estável se fragmentar sob meus pés pela milésima vez? Rose estava saindo com um de meus mais velhos amigos? Um moço que ela supostamente não suporta?

É a vez de Delilah falar:

– Puxa, Will, faz um tempão que a gente não se vê.

Os dois se abraçam. E estou rodopiando terra abaixo como uma broca deslizando num buraco já perfurado. Rápido e fácil.

Atrás dos óculos, Delilah vinca e junta as sobrancelhas num olhar indagador.

– Genesis, nós gostamos um do outro. Sinto muito revelar assim, de repente – fala Rose.

Faço que sim com a cabeça e sinto vontade de cair na gargalhada. E de rir até não poder mais. Pois, na verdade, da maneira mais estranha, fazia sentido. Todo o sentido. Afinal, nada que faça sentido é realmente sensato, não é? Peter e eu não deveríamos fazer sentido, mas fizemos. Combinamos. Ao menos por um tempo.

Os próximos a entrar são uns amigos de Delilah, e Curtis, o homem-gerente, murmura algo na orelha do guitarrista tristonho. Observo Delilah cumprimentar o pessoal com beijinhos no rosto, e eles me cumprimentam com acenos de cabeça. De algum modo, a saudação deles me traz de volta ao presente. Para fora do teatro do absurdo. Estou aqui para prestigiar minha prima. Minha prima superlegal e incrível, Delilah. Ela veste saia xadrez com meia-calça preta rasgada ao estilo punk e camiseta desbotada do Sex Pistols, que não é uma daquelas estúpidas falsificações para adolescentes encontradas em lojas de departamentos. É realmente dos anos setenta. Ela tem o rosto pálido, cabelo preto breu e óculos retrô de aros pretos.

Olhando para ela, percebo o quanto sinto a falta dela desde que ela entrou na faculdade. Nunca mais vejo a tia Kayla também.

– E aí, Gen, um passarinho me contou que você realmente bateu na Vanessa hoje – diz Will, abrindo um sorriso para mim.

– Pois é.

– Ela mereceu?

– Acho que sim.

– Legal, não aceite qualquer merda do exército, garota.

Rose entrega a ele a quarta parte do sanduíche que eu tinha devolvido ao prato dela. Ele a engole numa só mordida.

Volto a focar meus olhos em Delilah. É engraçado vê-la de volta aqui. Tudo o que ela sempre queria era sair e morar na cidade grande. Ela se senta num banquinho e larga cadernos e folhas avulsas em outro banco ao lado dela. Brinca com a plateia sobre o quanto ela é bagunçada e ajusta o microfone. O primeiro poema chama-se "Murmúrios". Ela começa a declamar e é como se alguém estivesse apertando o meu coração com as mãos. Espremendo com tanta força que tenho a certeza de que ele vai estourar. Espremendo com tanta força que os batimentos se descompassam como se estivessem lutando pela sobrevivência. Mas os batimentos não cessam. Nem mesmo quando eles querem. Nem mesmo quando estão enfraquecidos ao ponto de você pensar que eles não conseguem continuar. As palavras dela mexem comigo. Palavras sobre saudades e promessas quebradas. Palavras sobre sentir-se totalmente presa numa armadilha e ter que decepar a própria mão para escapar, mas com a mão restante erguer o dedo do meio para tudo o que você deixou para trás.

– Tinha me esquecido do quanto ela é boa – sussurra Will.

Rose e Will estão de mãos dadas, e ela descansa a cabeça no ombro dele.

Delilah lê, e eu deixo a minha mente à deriva. Penso nos mundos em que aterrissamos e nos mundos que desbravamos. Delilah está construindo um mundo novo. Um mundo que ela escolheu desbravar. Longe de Point Shelley, Nova Jersey. E teve o mundo que meus pais tentaram criar para nós aqui. Mas esse foi mais parecido com um pouso forçado.

Dizem que os dois se conheceram na East Village, na década de 1990. Meu pai estava lá escrevendo peças de teatro e de vez em quando conseguia produzi-las. A minha mãe estudava canto clássico na Julliard no turno do dia, e à noite cantava músicas para corações partidos nos bares mais sombrios. Quando se conheceram, tornaram-se uma explosão de arte e música. Meus avós pararam de apoiá-la e disseram que ela estava desperdiçando sua vida com meu pai, e ela abandonou a Escola Julliard e se atirou de cabeça no cenário musical. As drogas faziam parte do panorama, mas nisso o meu pai se envolveu mais do que ela. Então ela engravidou e entrou em pânico. Foi à casa dos pais pedir ajuda, e eles disseram que a ajudariam se ela abandonasse meu pai. Em vez disso, os dois firmaram compromisso e se mudaram para Nova Jersey. Mais perto da tia Kayla, a irmã de meu pai.

Meu pai tentou se regenerar em Nova Jersey, mas volta e meia ele tinha uma recaída. Ele ficava semanas longe para sentir um gostinho do que deixara para trás. Um coração tem um limite para suportar esse vaivém. Bem que ele tentou. Tentou construir um mundo novo para nós aqui em Nova Jersey. Mas ele estava deslocado aqui. Os dois estavam. Meu pai deixou seus sonhos na metrópole e, às vezes, ia atrás deles, mas já havia perdido as raízes. Ele era um esvoaçante dente-de-leão que alguém soprou.

Súbito me cai a ficha: a minha mãe enfrentou a mesma escolha que eu. E se a minha mãe não tivesse mantido o neném dela? O que teria acontecido com eles? Talvez naquela época não fosse tão fácil tomar a decisão que eu tomei. Os pais da minha mãe eram muito religiosos. Eram simplesmente outros tempos. Meus olhos ardem. E eu me esforço, me esforço, me esforço para voltar e então ouvir as palavras de Delilah.

Agora ela está lendo uma história. Capto fragmentos dela, mas deixo a voz dela ser o ar refrescante que enche a sala. Não preciso entender o significado das palavras agora. Escuto com os olhos cerrados. Quando ela silencia, a plateia aplaude.

Palavras e suspiros dominam o salão.

Ela terminou.

Olho para meu telefone.

Tem uma chamada perdida.

De Peter.

Evite aspirina, álcool e maconha

De repente me dá uma vontade de me embebedar. Tipo vomitar minhas tripas na sarjeta de tão bêbada e obrigar alguém a me levar para casa carregada para variar. Aproximar-me de uma torneira de vodca e me afogar nela. Abro caminho entre as pessoas, entre o calor delas, entre uma felicitação e outra. Rose grita *espera*, mas vou abrindo caminho. Eu saio na noite gélida que suga o meu fôlego de mim. Uma mensagem de voz na caixa postal pisca na ponta dos meus dedos como uma bomba. O que ele disse para mim? Decido não escutar. Decido ligar de volta. Vou ligar para ele e vamos reatar. E se isso não acontecer, vou ficar bêbada. Das duas, uma: quero ficar bêbada ou ficar com Peter.

Primeiro, vou tentar Peter.

Sem tempo para pensar. Sem tempo para analisar se devo ou não devo ligar. Eu não precisava pensar antes de ligar para ele e agora eu me recuso a pensar. Sou uma viajante do tempo. Só uma mísera semana atrás, era normal ligar para ele, normal desejar ficar com ele.

Está chamando, e a minha orelha queima, cada vez mais quente. O receptor por onde eu supostamente devo escutar fica envolto em vapor. Peter Andrew Sage, é melhor atender ao telefone se não quiser ficar em maus lençóis.

E então?

– E aí.

Ele atende.

O vapor em minha cabeça dissipa e o meu rosto murcha reconheço aquela voz do outro lado da linha, mas ela parece tão longínqua. Uma parte de mim deve ter acreditado que ele não ia atender. O que eu disser neste momento vai entrar na orelha dele, mas eu não tenho a menor ideia do que é que eu quero dizer.

Eu me esqueci de tudo.

– Genesis?

Esta sou eu. Genesis. Legal, disso eu ainda me lembro. E em seguida estou gritando. Mas é um daqueles gritos que ficam presos na garganta no meio dos sonhos. Eu me esqueço de como conectar as cordas vocais com a minha língua e os meus lábios, por isso eu me engasgo. Sem querer, emito um som gorgolejante pela boca.

– Gen.

Não faça isso. Não me chame carinhosamente pela versão sincopada de meu nome. Não abaixe o tom de voz para soar tão doce.

Continuo sem saber o que dizer. Quero mergulhar nele e abraçá-lo e sentir o cheiro dele. Mas acho que perdi a autorização de mergulho. Agora tem que ser na conversa. Conversa sem mergulho.

Mas que droga. Conversa, então.

– Aa-uhhhh – um som crepitante sai de minha boca.

Essa interação até poderia ser engraçada. Como dois quadrúpedes num programa do mundo animal, encontrando-se na tundra, gemendo e bufando um para o outro, até resolverem se devem se engalfinhar ou acasalar ou desdenhar.

Eu meio que desejo fazer as três coisas.

Falo um "Oi" que mais parece um grunhido.

– Agora eu não posso falar, na real – ele responde.

E então me dou conta de que eu quero me engalfinhar. Quero dilacerá-lo. Com garras.

– Peter, no mínimo, você me deve uma explicação.

– Gen.

– Como pôde me abandonar lá?

– Você sabe.

– Mas você apareceu. Me deu a carona. Como teve a maldita coragem de me deixar lá?

Certo, talvez isso não me leve a lugar nenhum. A sra. Sage não gosta de *linguajar chulo*.

– Você precisa se acalmar.

E súbito entro em erupção. Um vulcão cuspindo lava e cinzas e rochas. Não sei se estou formando palavras, mas sei que estou gritando e gritando tudo o que tentei falar antes – sobre se eu tivesse mantido o neném. Será que ele teria me abandonado do mesmo jeito? E será que ele se esqueceu que tomamos essa decisão juntos? E por que ele fez isso e o quanto foi irresponsável e o quanto a mãe dele pode ir para o inferno, até que eu percebo que a linha está muda.

Muda.

Estou gritando para o nada.

O que devo fazer? Falei o que eu sentia. Como é que uma pessoa decente consegue abandonar outro ser humano, que dirá alguém que você gosta? Ficar não custa muito. Exige bem mais esforço ir embora. Ir embora quebra a inércia. Ir embora significa enveredar por uma direção inteiramente nova. É preciso uma fonte de energia inteiramente nova para dar uma guinada dessas. Você tem que tomar a decisão, depois levantar-se e, depois, ir embora. Peter fez tudo isso. Tomou a decisão, levantou-se e foi embora. Na lúgubre sala de espera que o pessoal da segurança indicava para os não pacientes tomarem assento. Com as paredes lavanda-acinzentadas e televisão com amenidades e luminárias fluorescentes. Revistas descartáveis e olhares de peixe morto. O que ele terá lido nas revistas desta vez? Nada sobre primeiros encontros e como conquistar seu objeto de afeição. Provavelmente leu como cortar relações de modo cirúrgico. Ou seis sinais de que o seu relacionamento não está funcionando. Houve sinais?

Vocês não se fitam mais olhos nos olhos.

Será que eu também os percebi?

Vocês querem coisas diferentes para o futuro.

Se houve sinais, por que eu o desejo tanto que chega a doer?

Você se tornou codependente.

Eu ligo de novo.

Você começou a ter fantasias com outras pessoas.

E toca e toca.

As peculiaridades que costumavam ser fofinhas agora são irritantes.

Eu ligo de novo outra vez.

Vocês não estão felizes.

Eu jogo meu telefone na calçada congelada e chuto um sujo monte de neve com a ponta da bota. Continuo a chutar e a praguejar até Rose e Delilah me cercarem. No meio das duas, eu soçobro.

Elas não falam nada. Arrastam-me ao carro de Delilah. As duas então se espremem comigo no banco de trás. Não me perguntam o que foi aquilo. Noto que Rose pegou o meu telefone e está com ele sobre o joelho. Ficamos ali sentadas enxergando nossas respirações.

Quando Will dá uma batidinha no vidro lateral, Rose ergue um dedo e o manda de volta para o café.

— Ele deve estar puto da vida lá dentro — comenta Rose, e eu dou risada.

As duas também acham graça. As duas. As moças mais importantes na minha vida.

— Coitadinho do William — eu digo. — Cercado de poetas. Nem um skate à vista.

Rose dá uma risadinha.

— Que tal sairmos? — pergunta Rose.

— Do carro? — indaga Delilah.

— Eu não quis dizer sair literalmente. Quis dizer ir a Nova York.

— Aonde?

— Sei lá. A qualquer lugar em que a gente possa tomar um porre.

— É plena noite de quarta-feira, Rose — constato.

— E daí? O pessoal em Nova York não sai todas as noites?

— Isso é verdade — reconhece Delilah. — E uns amigos meus estão fazendo uma festa hoje à noite no Brooklyn. Hoje à noite eu ia dormir na casa da minha mãe...

Rose fuzila Delilah com o olhar.

— Cruzes, Rose, por mim a gente vai, se é o que a Genesis quer.

Neste exato momento, eu não me importo com o que vamos fazer. Só sei de uma coisa: não estou a fim de ir para casa. Então por mim não importa aonde vamos, desde que a gente possa tomar um porre, para usar as palavras de Rose. Além do mais, eu não preciso acordar cedo amanhã. Bônus da suspensão. E não estou de castigo ou coisa parecida. Bônus da mãe zumbi.

O esquecimento seduz. Sinto que estou cada vez mais parecida com meu pai.

– Parece uma boa ideia para você, Genny? – pergunta Rose.

Faço que sim com a cabeça. Esquecimento e anonimato. Talvez eu até consiga beijar alguém. Provar a mim mesma que Peter não é o único ser humano de que eu posso gostar no planeta. É isso que a Rose me diria para fazer.

– Ok, então vamos nessa – diz Delilah. – Mas quero voltar para Jersey hoje à noite. Por isso, não é a noite inteira.

– Combinado!

Delilah balança a cabeça, rindo, e entra para resgatar Will e o amigo dela, Wade. Eu abro o meu correio de voz e apago a mensagem de Peter sem ouvi-la.

Logo estamos indo para um bairro no Brooklyn chamado Bushwick. Aparentemente é muito chique com lofts e artistas e esse tipo de coisa. Wade fala que é o novo Williamsburg, mas isso não significa nada para nenhum de nós, a não ser Delilah, que acena positivamente com a cabeça, como se ele tivesse anunciado o Evangelho.

Chegamos em Bushwick às 23h45. Entre prédios industriais e um estacionamento, tem uma loja com uma placa de neon ABERTO iluminando uma vitrine, embora esteja obviamente fechada. Em cima da porta, lê-se a palavra *Amigos*. Em óculos de sol e vestidos *vintage*, duas amigas manequins fitam a rua deserta. Desesperadas pelo verão, talvez. Virando a esquina, um restaurante com fachada de concreto e janelas com blocos de vidro. Um homem, curvado e vestindo um avental branco manchado, carrega um saco de lixo para as latas onde dois ratos impassíveis comem os resíduos. Estacionamos do outro lado da rua. Defronte ao prédio de lofts onde é a festa.

Tocamos o interfone e em seguida subimos amplos degraus de concreto, cheirando a umidade e mofo com vestígios de cerveja. Uma jovem chamada Kendra está completando 22 anos. Entramos no apartamento e todas as superfícies estão cobertas com latas, rodelas de limão e garrafas vazias. A música está alta demais para os poucos gatos pingados que estão chacoalhando os esqueletos. Kendra recebe Delilah com um beijinho no rosto e lhe agradece umas cem vezes por aparecer.

– Não sei aonde foi todo mundo.

Um cara de cabelo untado e camisa social preta aberta até o peito arrasta Kendra para o lado.

– Na real, todo mundo está no terraço agora. Vai ter um show de pirotecnia.

– Putz! – A voz de Kendra sai pastosa como gelo aromatizado. – Temos que subir lá!

Ele olha para Delilah e ergue as sobrancelhas.

– Um minuto atrás ela não queria ir. É com isso que estou lidando agora. Mas vocês deveriam preparar um drinque e subir ao terraço. Alguém foi até a Pensilvânia e trouxe uma carga de fogos de artifício.

– Joia! – exclama Will.

Rose revira os olhos e se agarra no braço dele. Wade serve a vodca e a mistura com limonada para todos nós. Agarro uma segunda garrafa e despejo o líquido em minha garganta. Queima como o olhar fulminante de Delilah.

– Calminha aí, vaqueira – diz ela puxando o gargalo de meus lábios.

Abro os lábios para protestar, mas em seguida digo a Wade:

– Quero o meu drinque bem forte, por favor.

Em seguida estamos subindo mais e mais, até chegarmos ao terraço do prédio.

A vodca percorre as minhas veias. A galera se aglomera para se aquecer enquanto fagulhas de vermelho e laranja e amarelo e verde sobem aos céus e estouram e sibilam, e o pessoal grita e brinda e bate os dentes. Rose se ocupa vigiando Will para que ele não exploda os globos oculares de alguém com fogos de artifício. Delilah faz o social, dizendo "Oi" para gente que eu nunca vi antes. Consigo distinguir o Empire State Building. Meu pai sempre dizia que amava o fato de a gente avistar o edifício de qualquer ponto da cidade. Não importa onde você esteja. Você sempre conseguia encontrar o caminho de casa.

Nesta noite ele está iluminado de verde.

Entorno o resto de meu drinque, principalmente para me aquecer. Principalmente. Parcialmente para me *esquecer* daquele telefonema. Neste instante esquecer soa melhor. Seja como for, é mais fácil. Um grito agudo e o turbilhão de um fogo de artifício explodem em meus ouvidos. Eu me aproximo do parapeito.

Um carinha está perto de mim, embrulhado num saco de dormir e fumando um cigarro. Trocamos olhares, e ele sorri.

– E aí.

– E aí – eu digo, relembrando a minha ideia de beijar alguém, mas engolindo-a rapidamente. Relanceio os olhos no borrão de telhados e luzes.

– Sabia que se você enxergar as luzes do Empire State se apagando, você pode fazer um desejo?

Eu olho para ele de novo. Ele também está olhando em linha reta. Um risco de luz cor de laranja perpassa o rosto dele. Ao se virar para mim, ele se torna uma silhueta em meia-sombra.

– É isso que você está esperando? – eu pergunto.

– Dando uma respirada – ele responde e dá uma tragada no cigarro.

A gente se encara por um instante e fica hipnotizado. Olhos nos olhos e um frêmito interior que poderia me fazer flutuar. Corro o olhar ao redor para alguém me ancorar de volta ao asfalto e ao cascalho. Mas estou por minha conta e risco. E de onde é que vem esse sentimento afinal?

– Se é assim, fique à vontade. Me desculpe – eu digo.

Desculpa por que mesmo? Nem sei direito. Invadir seu espaço? Interromper sua respirada? Ou talvez por sentir algo que provavelmente não existe. Algo que estou tentando evocar.

– Não foi isso que eu quis dizer – atalha ele e transforma sua boca em algo retorcido e magnético.

– Acho melhor procurar meus amigos.

– Tá bom – diz ele. Começo a me virar quando ele emenda: – Mas você deve saber que esses desejos sempre se realizam.

– Como?

Ele aponta o edifício e sorri de novo. Se eu me deixasse sugar por aquele sorriso talvez, eu nunca mais encontrasse a saída. Talvez eu esteja imaginando coisas.

– O seu desejo deve ser importantíssimo – ponderei.
– Por que acha isso?
– Porque você está aqui.
– E você também está.

E nós estamos.

Bem naquela hora o saco de dormir escorrega dos ombros dele. Estendo a mão para pegá-lo. E ele faz o mesmo. Mas, nós dois erramos o alvo e, em vez disso, nossas mãos se entrechocam. O menor toque faz meu braço ricochetear. Rapidamente me encolho, e o saco de dormir cai a nossos pés.

Eu me viro para vislumbrar o Empire State Building.

Ainda aceso.

Espalhando a sua luz na noite sem estrelas.

Eu junto o saco de dormir e o estendo para ele.

– Pode ficar – diz ele. – Está congelante aqui em cima.

Aquele toque elétrico se transforma em calafrios. Ele tem razão. O frio está congelante. Avisto Rose em pé, ao lado de Will, que agora acende foguetes e fica correndo em círculos como um cão enquanto eles estouram no céu. Ela grita para ele não apontar os rojões para as pessoas no terraço.

– Podemos dividir – sugiro sem pensar. As palavras mal saíram de minha boca e eu já quero retirar o que disse. Observo mais sombras e salpicos de luz borrifando no rosto dele, querendo apenas me enterrar no cobertor até ele desaparecer. Dividir?

– Perfeito – diz ele, envolvendo as nossas costas, a flanela para baixo, o lado liso para cima.

Não digo nada. Aperto o meu corpo junto ao dele e me afundo no aconchego do calor que irradiamos e da bebida em nosso sangue e da respiração e do vapor de gente estranha.

– Sua bebida acabou.

Eu olho para o meu copo vazio.

– Acho que bebi muito rápido.

– Quer mais alguma coisa?

Quero muito, muito mesmo. Quero mais alguma coisa. Quero descobrir qual é o gostinho de outra coisa. Quero entender a sensação de estar sem Peter. Quero mostrar a ele que eu posso existir sem ele, se é isso que ele quer.

– Que tal irmos juntos e ficarmos no saco de dormir?

– Parece divertido – diz ele.

– Mas, peraí. E quanto ao seu desejo?

Outra vez, nós dois olhamos para o brilhante edifício verde. Eu mesma tenho algumas coisinhas que eu poderia desejar para mim.

– Eu já esperei um *tempão* por isso.

Ele exala um cheirinho de fumaça cítrica. Eu digo:

– Vamos esperar.

E ao mesmo tempo ele fala:

– Mas está tudo bem.

Nós dois ficamos empacados nisso.

– Tudo bem – repete ele. – Eles desligam as luzes todas as noites.

Sempre existe o amanhã.

Sempre existe o amanhã. Sempre existe o agora.

Voltamos às escadas e descemos até o apartamento da Kendra. Delilah agarra o meu ombro através do saco de dormir.

– Onde é que você vai, Gen?

– Ah, oi, Del. Este moço está me levando de volta para o álcool.

Minha fala está toda enrolada.

– E quem é este moço?

Eu o encaro. Ele tem um cabelo castanho ondulado meio desgrenhado e oleoso. Tem barba por fazer, de uns cinco dias, e os lábios estão úmidos, como se tivesse acabado de lambê-los. O rosto dele tem um quê de sombrio e profundo antes de o sorriso tomar conta. Nunca em minha vida beijei um cara barbudo.

– Meu nome é Seth.

– Este é o Seth.

Delilah nos fuzila com olhos de holofote, nos inspecionando.

– Na verdade eu acho que já conheço você.

– Também acho – diz ele. – Na faculdade?

– Talvez.

– Estamos bem, Delilah, já vamos voltar lá para cima.

Então Kendra enfim surge cambaleante através da portinhola do terraço.

– Delilah – grita Kendra com a voz esganiçada. – Quando chegou aqui? Eu te apresentei o meu namorado, Seth?

– Não sou o namorado dela – murmura Seth para mim. – Ela só está bêbada.

Ele me agarra mais forte.

– Meu namorado, Sean. Foi isso que eu disse!

Kendra se atraca nuns amassos com o outro cara, e parece que tudo volta aos seus eixos.

Estou curtindo o braço de Seth em volta de minha cintura.

Quando Delilah avisa:

– Se você não voltar em vinte minutos, vou atrás de você.

Faço o sinal escoteiro para Delilah.

– Estou falando sério, Gen.

Dou um tchauzinho para a preocupação dela, e Seth e eu seguimos nossa jornada. Ele anda de costas com os braços em meus quadris. De pulinho em pulinho, vou descendo os degraus guiada por ele.

Ficamos quase nos beijando, mas ainda não.

Acho que é isso que vamos acabar fazendo afinal.

Sinto o hálito dele em meus lábios.

Num pulinho me afasto.

Chegamos e notamos que o apartamento está deserto. Todo mundo continua no terraço. Nem sei como as pessoas se aquecem lá em cima. Preparamos mais uns drinques com o saco de dormir caído sobre nossos ombros como uma capa. Uma capa para dois.

– Seu nome é Jennifer? – ele pergunta.

– Hein?

– Delilah a chamou de Jenn.

– Ah, é Genesis. Gen.

– Genesis. Uau. Nome intenso.

– Sim, meus pais gostavam da banda. Meus avós gostam de referências bíblicas.

– Genesis – repetiu ele.

Bebo um grande gole de limonada de vodca e sinto faíscas e fagulhas em minhas veias. Nossos olhares se cruzam e ele se inclina em direção à minha boca. Eu bloqueio o caminho dele com meu copo. Ele desvia para o meu pescoço e eu deixo. Meu corpo inteiro estremece quando eu viro o resto do copo em minha garganta. Em seguida estamos nos beijando e mergulhando no assoalho da cozinha, ainda enrolados juntinhos em nossa capa feita de saco de dormir. O hálito dele tem gosto de cigarro, e eu me transformo numa poça em que ele passa o rodo.

Esta é para você, Peter.

Eu me perco nesse beijo. Acontece uma explosão e somos as únicas pessoas na Terra. Pressiono meu corpo junto ao dele e corro o dedo até o botão de seu jeans. Eu preciso disto agora. Estou possessa. Preciso de outra coisa. De algo novo. Ele afasta a minha mão, mas continua a me beijar. Tento de novo e ele me afasta com um pouco mais de força.

– Devagar – murmura ele, com a boca quase grudada em meus lábios.

– Não consigo – eu digo.

– Não consegue o quê?

Ele está sem fôlego.

– Simplesmente não consigo.

Eu também estou sem fôlego.

Ele se desvencilha de mim e se escora num armário.

– Ah.

Eu me sento no chão e abraço meus joelhos. A realidade vem rastejando.

– Quer outra bebida?

Faço que sim com a cabeça. Ele prepara mais drinques.

Nada de álcool. Isso que constava nas instruções. E eu estou bebendo como isso fosse restaurar tudo o que me deixou despedaçada.

Nada de sexo também. As instruções eram bem claras.

Paira entre nós uma sensação de estranheza que eu poderia esmagar em meus dedos como se fosse massa de modelar.

– Me desculpe, ultimamente ando meio surtada – eu digo.

O que eu quis dizer é que perdi completamente o controle sobre mim mesma. Peter me dava estabilidade. Sem Peter, eu espanco garotas no banheiro, deixo barbudos me beijarem no pescoço e me prepararem bebidas e depois forço a barra.

– Você não está surtada.

– Estou. Me desculpe.

– Não precisa se desculpar. Eu gosto disso. Eu quero. Acredite em mim. Você parece muito legal. E você é linda.

Com a ponta dos dedos ele toca a ponta dos meus e me olha fixamente. A pressão aumenta naquele olhar. O ar fica mais tênue. Ficamos mais pesados. A atração fica mais forte. Do tipo que a gente não consegue explicar e não consegue identificar se é medo, excitação, ou sei lá o que nos atrai por outra pessoa. Não há interrupções desta vez.

Então eu mergulho de novo. Em Seth.

E rodopiamos um no outro como vodca e limonada.

Fim do Ato I.

ATO II

Cena 1

(Esta cena acontece na cozinha de Peter. Ao abrir das cortinas, GENESIS bebe com muita pressa o líquido de um copo alto.)

SRA. SAGE

Mais limonada?

(GENESIS e PETER se entreolham.)

GENESIS

Sim, por favor. Acho que eu estava com muita sede.

(A SRA. SAGE franze os lábios.)

PETER

Sem problemas. Está muito quente lá fora.

SRA. SAGE

Venha, vamos sentar. Preparei uns biscoitos.

(GENESIS fica imaginando em que planeta foi pousar.)

SRA. SAGE

Então, me conta sobre sua família, Genesis.

PETER

Mãe.

SRA. SAGE

O quê? Não tem mal nenhum em perguntar. Não é mesmo, Genesis?

GENESIS

Ninguém lá faz biscoitos fresquinhos, sem dúvida.

SRA. SAGE

Bem, isso é uma pena.

GENESIS

E como é.

PETER

Genesis, você não precisa falar sobre sua família, se não quiser. Mãe, já conversamos sobre isso.

(GENESIS se remexe, pouco à vontade. JIMMY, o irmão mais novo de Peter, entra e pega três biscoitos do prato.)

SRA. SAGE

Aqui nesta casa ninguém se comporta como vândalo.

JIMMY

Puta merda! Estou morrendo de fome!

SRA. SAGE

Jimmy! Olhe o linguajar!

PETER

Jimmy, esta é minha namorada, Genesis.

JIMMY

Prazer em conhecê-la. Conheço a sua irmã.

GENESIS

Ah sim, claro. Ela veio em uma de suas festinhas de aniversário, não é?

JIMMY

Sim! No Museu de História Natural.

SRA. SAGE

Pelo que me lembro, ninguém veio buscá-la até pouco antes de voltarmos para casa.

GENESIS

Eu fui buscá-la.

SRA. SAGE

Tem razão. Atrasada. Eu nunca conheci seus pais. Você contou que seu pai tinha saído em viagem de negócios naquele fim de semana.

GENESIS

Ele era dramaturgo. Por isso, às vezes, ele precisava ir a Nova York.

SRA. SAGE

Um dramaturgo. Sei.

JIMMY

Por que a Ally não vai mais à escola?

PETER

Jimmy, você já sabe a resposta.

JIMMY

Sinto muito.

(A sra. Sage limpa a garganta.)

SRA. SAGE

Jimmy, aposto que ainda não fez o dever de casa.

JIMMY

Tem toda a razão! É por isso que desci. Buscar alimento para o cérebro.

(Ele pega outro biscoito e Genesis dá risada.)

JIMMY

Quando falar com ela diz que eu mandei um oi?

GENESIS

Digo.

JIMMY

Não é o mesmo sem ela.

GENESIS

Conheço a sensação.

SRA. SAGE

Certo, Jimmy, já chega.

JIMMY

Tchauzinho!

(Sai de cena.)

SRA. SAGE

Para onde sua irmã foi mesmo?

PETER

Mãe, que tal fazer perguntas sobre ela mesma e não sobre as coisas que eu já contei a você?

GENESIS

Sem problemas.

SRA. SAGE

Sim, Peter, não tem problema. Sua família vai à igreja?

GENESIS

Você não contou essa parte?

PETER

Genesis, por que você não conta a ela sobre... o livro que você está lendo.

GENESIS

Hã?

PETER

Ou...

GENESIS

Algo que eu...?

PETER

A Genesis é voluntária de leitura a pessoas idosas.

SRA. SAGE

Isso é maravilhoso!

GENESIS

Bem, eu fiz isso uma vez porque era dever de casa.

SRA. SAGE

Entendo.

GENESIS

Não faço muita coisa.

SRA. SAGE

Entendo.

PETER

Isso não é verdade. Você lê. Adora o mar. Adora comida picante. E teatro.

GENESIS

Antigamente. Mas, afinal, qual é a vantagem disso?

PETER

Você é pensativa. E observadora.

SRA. SAGE

Espero que isso se traduza em algum tipo de objetivo no futuro.

PETER

Você cuida de sua mãe.

SRA. SAGE

Ela está doente?

PETER

Já chega. Podemos encerrar este interrogatório?

SRA. SAGE

Suponho que sim.

GENESIS

Não frequentamos a igreja, sra. Sage. Às vezes, meus avós nos levam quando estamos passando uns dias com eles, mas os meus pais, ou... hã... a minha mãe não.

SRA. SAGE

Você é sempre bem-vinda a ir conosco aos domingos.

GENESIS

Obrigada, sra. Sage.

PETER

Ok, mãe, vamos subir um pouquinho. Vamos.

GENESIS

Mais uma vez, foi um prazer conhecê-la.

SRA. SAGE

Deixem a porta aberta.

(Os dois saem. A SRA. SAGE inclina a cabeça.)

(Blecaute.)

Em caso de dúvida, não hesite em ligar

Acordo pegajosa. Pegajosa de dentro para fora. Minhas pálpebras estão grudentas de maquiagem e crosta. Minha boca está grudenta de saliva seca. Minha pele está grudenta nos lençóis. *Meus* lençóis. *Minha* cama. Estou na minha cama e não tenho a menor ideia de como é que eu vim parar aqui. Eu me sento num pulo e corro o olhar em volta para localizar meu telefone, mas não está plugado para carregar. Com o corpo na posição sentada, todo o conteúdo de minha cabeça desliza ao meu estômago num redemoinho até me dar vontade de vomitar.

Coisa que eu faço. Várias e várias vezes.

Então me enrodilho nos frios azulejos do piso do banheiro. Sinto a pressão em minha cabeça aumentar.

Eu me lembro do cara. Dos beijos. Simplesmente mergulhei. Eu me lembro de ter afundado. Da vodca com limonada. De mais beijos. Mas não me lembro do que fiz. Até onde eu fui. Quando tento pensar, meu cérebro só lateja dentro do crânio. Cadê o meu celular?

São tantas perguntas e nenhum telefone. E mais sangue em minha calcinha.

Do telefone fixo eu ligo para o meu celular, mas ele não toca. Clico no correio de voz, não tem mensagem alguma. Despejo o conteúdo de minha bolsa. Embalagens de chicletes, um compacto de pó facial endurecido e quebrado, cujos pedaços se grudam a todos os demais itens da bolsa também. Os pirulitos da moça que estava na clínica.

Uma garrafa plástica de água com um gole restante, que eu engulo e sinto deslizando lentamente em meu corpo. Quase como se ele não quisesse. Um baralho de cartas. Um pedaço de cordão. Uma tira de papel com um número escrito nele, e uma mensagem:

Caso você precise de resgate.
– Seth.

Caso eu precise de resgate?
Agora eu preciso é de meu maldito telefone, isso sim. *Olha o linguajar.*
Ainda estou com a minha roupa de ontem à noite, mas não está em meus bolsos ou em qualquer lugar. Porra. *Olha o linguajar.* Cala a boca. Cala a boca. Cala a boca.
E se Peter me enviar uma mensagem de texto?
É com isso que eu deveria estar preocupada agora. Quero lavar da minha boca os beijos do outro cara. Eu bochecho Listerine nas gengivas e na língua. Cuspo e observo o risco azul escorrer pela lateral da pia até o ralo. Meus olhos percorrem as fotos que fixei no espelho do banheiro como se fossem uma moldura. Peter e eu na praia com barbas de areia e óculos de sol. Peter e eu no drive-in, aninhados na caçamba da caminhonete dele. Peter e eu antes do baile de inverno, há apenas dois meses e meio. Eu arranco essa e tento procurar algo no rosto dele. Essa foi a noite da festa de Rose. Quando cometemos o erro no banheiro. O preservativo rompido do qual eu só achei graça enquanto Peter surtava. Será que algo me passou despercebido enquanto tudo ia para o brejo? O sorriso dele é perfeito. Treinado. Os braços dele estão me envolvendo na clássica pose de abraço lateral. Não estou sorrindo. Meu olhar não está na câmera.
Algumas fotos nunca tiradas:
Peter e eu discutindo sobre o quanto a mãe dele não aprovou o namoro.
Peter e eu quando ficamos sem assunto.
Peter e eu na clínica de aborto.
Não consigo mais olhar para a cara dele. Arranco todas as fotos com ele e rasgo a pilha em quatro pedaços antes de jogá-las na privada. A privada que há pouco recebeu meu vômito de uma noite da qual não me lembro. Daí não suporto a ideia dessas duas coisas se misturando e

então extraio todas as fotos rasgadas do vaso sanitário e as espalho na bancada para secar.

O que há de errado comigo?

Já passei por tanta coisa pior do que isso. Muito pior.

Tento ligar para Rose do telefone fixo, mas cai na caixa postal. Olho para o relógio. Dez horas da manhã. Mas que droga de novo. Eu tinha um horário marcado com a sra. Karen às 8h30 para ela me dar aconselhamento extra. Não tô nem aí, porém.

Pego o ibuprofeno da despensa. É ali que nós o guardamos. Onde o papai sempre quis. Eu me lembro de estar sentada no chão desta cozinha, do chacoalhar do frasco de comprimidos e de meu pai bebendo, num gole só, meio litro de suco de laranja para engolir os comprimidos. Depois, estralava cotovelos e ombros e me dizia para eu não envelhecer. Também engulo um suco de laranja, mas não consigo ingerir tanto quanto ele. Queima.

Eu tomo um banho quente e demorado, tentando chorar enquanto a água bate em meu corpo. Mas na realidade não tem nenhuma lágrima saindo. Estou vazia.

Enrolada na toalha, eu ligo para Rose outra vez, e outra vez dá na caixa postal.

Começo a digitar o número de Delilah, mas paro. Fico com medo do que ela pode me contar sobre ontem à noite. É da Rose que estou precisando.

Na real, agora não sei o que fazer comigo mesma.

E por isso eu ligo a meus avós. Escolha bizarra, eu sei. Mas sinto falta de Ally, e eu quero cumprir a minha promessa a sra. Karen de organizar um jantar. Um jantar normal em família parece o antídoto perfeito para toda essa loucura. Correio de voz também. Acho que isso significa que eu devo ser a única pessoa restante no planeta neste momento.

– Oi? Alguém em casa? Atendam, se estiverem por aí. É a Genesis. Estive pensando se vocês não querem nos visitar para uma janta. Que tal amanhã à noite? Não sei o que vamos comer, mas a gente pode encomendar algo. Faz um tempinho... De qualquer forma, me liguem de volta... no telefone de casa.

E agora quem?

Penso em ligar para a minha mãe no trabalho dela, mas o sinal é muito ruim na sala de arquivo. Além disso, não quero deixá-la estressada.

Talvez eu devesse ir até a escola e falar com a sra. Karen. Ela não se importaria com o horário. A vida dela é falar conosco. Mas, em vez disso, eu decido que preciso ser resgatada.

E tenho um bilhete especial prometendo justamente isso.

– Alô?

A voz dele está abafada. Sonolenta.

Ele limpa a garganta dele.

– Alô? – ele repete.

Quero desligar. Mas não desligo.

– Oi.

– Quem é?

– É, hum, a Genesis. De ontem à noite.

– Genesis! Putz, mocinha, a coisa não ficou feia para o teu lado?

– Como assim?

– A sua prima não tirou seu couro?

Eu vasculho meu cérebro para lembrar do que ele pode estar falando, mas, já que nem me lembro de como cheguei na minha própria cama, me deu um branco.

– Como?

– Pensei que ela ia me matar quando ela invadiu aqui.

– Invadiu aqui onde?

Pense. Pense. Pense.

– O meu apê. Fala sério? E seu amigo skatista? Eu apostava que ele queria quebrar a minha cara.

– Seu apê?

– Meu apê.

– Não fui ao seu apê na noite passada.

– Como?

– Não estávamos na Kendra?

Ele dá uma risada.

— Ah, que merda. Eu sabia que você estava bêbada, mas não achei que estava tão bêbada assim.

Fico passada.

— Eu fui ao seu apartamento?

— Ah, sim.

Eu fui ao apartamento deste guri? Nunca fui ao apartamento de um cara. Nem tenho ideia de como seria o apartamento de um menino. Mas sei o que acontece quando você vai ao apartamento de um menino. Meu amigo skatista? Invadindo?

— A genteeeee...

Não consigo terminar essa frase. Não quero saber. Quero saber, mas não quero verbalizar.

— Ah, cara, agora estou me sentindo uma aberração completa.

Fragmentos:

1. Estive no apartamento de um rapaz;
2. Delilah invadiu o local como uma fada celta;
3. Will tentou quebrar a cara dele;
4. Depois não sei como eu fui parar em casa.

Falta muita coisa entre os itens 3 e 4. E falta muita coisa em outros lugares também. Só queria rebobinar. Quero apertar o maldito *rewind*. Agora ninguém vai conseguir me resgatar.

E agora o Peter nunca vai querer voltar comigo.

— A gente não parou? Na cozinha?

— Sim, por um tempinho, e depois logo nos atracamos de novo.

Disso eu até me lembro. Da atração. De não ser capaz de parar.

— Você também deixou seu telefone aqui.

— Deixei?!

Talvez esta seja uma ação de resgate, afinal.

— Puxa vida, Genesis, não acredito que você não se lembra de sua prima e de todo o drama. Me desculpe. Acho que você encontrou meu bilhete.

Merda. Drama com Delilah. Eu aperto meus olhos para tentar obter uma imagem. Mesmo distorcida. Mas continua me dando um branco. Ou preto. Eu me lembro de quando ela avisou que viria atrás de mim, se eu não voltasse em vinte minutos. Só que não me lembro muito mais do que isso. Eu estava bebendo vodca como se ela fosse me salvar de mim mesma.

O que foi que eu fiz? Estou me transformando em meu pai?

– Você mora perto da festa?

– No mesmo prédio.

– Posso voltar?

– É claro.

– Pegar o meu telefone.

Não quero que ele pense que estou me convidando com segundas intenções. Resista à atração. A atração provavelmente nem sequer exista à luz do dia.

– Ok, então, você sabe onde eu moro. Na verdade, você provavelmente não sabe.

A voz dele é baixa e suave.

– Sim. Não.

– Vou ficar por aqui, mas tenho aula às quatro.

Assim vai ser perfeito. Bate-volta. Sem enrolação.

– Dou um jeito de chegar antes disso.

Ele me dá o endereço e umas dicas de itinerário, e agora eu tenho que me orientar no trem a Brooklyn para pegar meu estúpido celular e ver um carinha com quem não me lembro se eu tive relações sexuais porque agora a minha vida é assim. Durmo com rapazes aleatórios e então minha prima se torna uma psicopata e meus amigos tentam bater nele, mesmo que provavelmente tenha sido culpa minha. Realmente levando uma existência modelo agora.

E qual é o motivo para não ter relações sexuais após um aborto? Não sei se eles me disseram um. E é por isso que estou sangrando de novo? E se eu não puder mais ter filhos agora? Peter não vai me querer se eu não puder ter filhos. Eu torço mesmo mesmo mesmo para não ter arruinado a minha vida ainda mais do que ela já estava.

O telefone toca e deixo a secretária eletrônica atender. É a minha avó:

– Genesis? Genesis? Você está aí? Genesis, você acabou de me ligar. Onde você está? Bem, acho que amanhã parece ótimo. Gen? Atenda se estiver em casa. Certo, a gente se vê amanhã, querida. Vou tentar o seu celular. Beijo.

Instruções para a tarde:

1. Chegar ao Brooklyn.
2. Recuperar o meu telefone com o rapaz desconhecido.
3. Encontrar o caminho de casa.
4. Ligar para Rose e esclarecer todos os fatos.
5. Recolocar tudo na ordem normal.

Consigo fazer isso. São instruções a meu alcance.

•••

À luz do sol, Bushwick parece diferente. Parece nua. Algo que você não quer ver após uma noite de bebedeira. Nenhuma folha nas poucas árvores que brotaram no cimento. Grafite decora prédios industriais. Alarmes automotivos disparam para apagar os faróis e voltam a dormir e são apenas duas e meia da tarde. Enterro o capuz na cabeça, à medida que a nebulosa imagem da noite anterior começa a clarear. O lixo foi recolhido na frente do restaurante do outro lado da rua. Eu procuro o número 431 na gélida caixa metálica.

A porta abre com um zumbido e eu a empurro. Lembro-me dos degraus de concreto, do tênue aroma de mofo e cerveja. Avisto copos vermelhos de plástico nos cantos enquanto subo até o quarto andar. Os corredores são amplos e despojados, com pedras expostas e assoalho de madeira rústica.

Vejo uma porta aberta no fim do corredor, e uma cabeça de cabelos desgrenhados e úmidos surge por ela.

Seth.

Ele é mesmo um gato. Acho que eu não estava assim tão bêbada ontem à noite.

– Oi – diz ele, saindo para o corredor. Ele está vestindo um roupão xadrez que revela seu peito liso. Ele se inclina em minha direção. Para me beijar? Eu recuo.

– Ok, eu entendi. Lance duma noite só – diz ele, rindo.

Não consigo entender o que há de tão engraçado num lance duma noite só. Não ando por aí fazendo lances duma noite só. Mas sei brincar.

– Sim. Lance duma noite só. Está com meu celular?

– Pode ir entrando.

Na realidade eu não quero *ir entrando*. Só quero meu celular e quero voltar para Nova Jersey e desabar ao lado de Rose e escutar sobre a noite da véspera. Esse é o plano. Isso é tudo que quero para hoje.

Manter o curso.

– Sem ofensas, mas você está com uma cara amassada – diz ele. – Aceita um café?

Sinto o cheiro do café borbulhando na cafeteira. Talvez ajude com a minha dor de cabeça. Ele abre as mãos no ar.

– Prometo que não vou tentar nada! Tenho que sair daqui a meia hora.

Ele me guia até o sofá e põe um cobertor sobre meus joelhos, fazendo um grande e fingido estardalhaço para ajustá-lo perfeitamente. Eu tento não rir de seus nobres gestos. Pela estatura, ele poderia ser um guerreiro medieval, reencarnado como um carinha do Brooklyn despojado e desalinhado. É uma combinação confusa – como se a presença dele emanasse força, mas não intimidasse. É engraçado. Tenho que parar de olhar para ele. Então corro o olhar pelo apartamento: atrás de mim, três guitarras penduradas, e a sala está coberta de luzes natalinas. Ele tem um cone de construção alaranjado com uma lâmpada acoplada no topo, e a parede tem duas telas enormes salpicadas com tinta colorida brilhante. O piso de madeira está um pouco empoeirado, mas o apartamento é confortável. Eu me recosto no braço do sofá e puxo o cobertor.

– Está com fome? – indaga ele da cozinha.

– Estou bem.

Seja como for, não estou certa se algo iria descer bem.

Ele saltita na cozinha juntando pratos e largando na pia. Percebo que ele põe no lixo uma garrafa vazia de vodca e consigo senti-la no fundo da minha garganta até o estômago. Há uma parede de tijolos expostos à minha frente, coberta de pequenas molduras pretas com retratos *vintage*. O apartamento está quente apesar da janela industrial de aparência glacial que domina a maior parte da lateral da sala.

– Vai me desculpar. Ultimamente, o meu companheiro de quarto anda pegando no meu pé sobre os pratos. Mais um minutinho.

Seth se movimenta com leveza. Como se apreciasse as sensações da véspera à flor da pele. Eu, por outro lado, quero vomitar tudo aquilo e voltar para onde eu sei que é seguro. Mas, falando sério, o que é isso?

Paixonite com desinteresse. Outro dos rótulos do jargão da sra. Karen para mim.

Envio um pedido de desculpas silencioso para a sra. Karen por abandoná-la hoje. Aposto que ela me ligou. Preciso desse telefone de volta. Eu deveria enviar uma mensagem de texto a minha avó para confirmar amanhã. Ela provavelmente me ligou umas cinquenta vezes desde a última mensagem. Nesse sentido, ela é igual a Rose.

– Ainda não respondi à sua pergunta – ele recomeça, servindo o café. – Leite e açúcar?

– Puro. Que pergunta?

– Se a gente...

Ele alonga o "genteeeeee" como eu fiz antes ao telefone.

– Como?

– Você me perguntou se a gente... fez sexo.

– Sim, não fizemos?

– Uau, quer dizer, sei que não sou um Romeu nem nada, mas eu imaginaria que até mesmo uma garota podre de bêbada fosse se lembrar de algo.

– Fizemos ou não?

E, a propósito, ele *tem* um jeitinho de Romeu. Bonito. E, sabe, impulsivo. E eu tenho que parar.

Ele abre um sorriso. Quero beijá-lo. Não quero, não.

– Não.

– Por que não?

– Ah, agora você quer?
– Não!

Ele abre as mãos de novo e, em seguida, recosta-se nas almofadas e apoia as pernas sobre meus joelhos.

– Você estava muito bêbada, Genesis. Acho que você é gostosa e tudo mais, mas eu não ia me aproveitar de você.

– Acabei de terminar um relacionamento.

Dou com a língua nos dentes.

– Você me contou.

– Contei?

Ele acena positivamente com a cabeça.

– O que mais que eu contei?

– Que não podia fazer sexo por três semanas.

Agora eu dou risada.

– Falei isso?

– Um montão de vezes.

Enterro a minha cabeça em minhas mãos e sinto o cheiro de sabão cítrico nas pernas dele.

– Podemos nos encontrar daqui a três semanas? – pergunta ele com uma piscadela.

Eu balanço a cabeça. Lá embaixo ouço um ônibus freando, soltando uma rajada de ar como um suspiro e começando a buzinar. Por que cargas d'água ele iria querer me encontrar de novo? Parece que tudo que eu fiz foi majestosamente constrangedor.

– Sou uma idiota.

Ele se apruma e tira as pernas de cima de mim.

– Não seja boba.

– É verdade. Sou uma idiota completa.

– Ora, ora. Todo mundo fica bêbado e estúpido de vez em quando.

– Eu não. Quer dizer, normalmente não.

– Bem-vindo a Bushwick. Terra dos bêbados e dos estúpidos.

Eu balanço a cabeça de novo e dobro os joelhos junto ao peito.

– Você não estava tão ruim assim, Gen. Eu me diverti um monte contigo.

– Você se divertiu?

— Ah, deixa disso. Parecia que você estava se divertindo. Não me diga que eu inventei a coisa toda.

Será que eu inventei a coisa toda? Não, eu desinventei a coisa toda bebendo tudo em meu caminho até apagar.

— Quantos anos você tem, Seth?
— Bem, eu digo às pessoas que tenho 21.
— Mas?
— Mas na verdade eu tenho 19 anos. A barba ajuda.

Solto mais um suspiro de alívio como o ar que escapou do ônibus. Isso não é tão ruim.

— Eu tenho dezessete anos.

Ele parece prestes a cuspir o café dele, mas em vez disso engole e sorri. Não consigo definir se o gesto é uma piada ou não.

— Bem, ainda bem que eu não me aproveitei de você então!
— Acha que sou uma idiota?
— Não. Você se comporta muito melhor do que eu. E quando você faz 18 anos, afinal?
— Ai, meu Deus. Domingo. Quase me esqueci.
— Ninguém se esquece do próprio aniversário. Isso é muito clichê.
— Eu só me lembrei agora.
— Domingo é daqui a três dias.
— Ai, meu Deus.

Ele olha para o relógio.

— Droga. Está na hora de sair para a aula.

Algo muda no rosto dele, mas não consigo definir bem o que estou detectando.

— Ok, será que eu posso pegar meu telefone?
— Ah, claro, o telefone. É por isso que você veio aqui.

Ele sai e eu borboleteio por um segundo. Uma fração de segundo. Um segundinho não confiável. É por isso que vim aqui. Para resgatar o telefone. Não para me deixar flutuar no imaginário. Esse carinha é muito legal e eu provavelmente nunca mais vou vê-lo, e é melhor assim, porque ele tem um apartamento e eu moro com minha mãe, mas não sei. Será que eu quero vê-lo de novo? Ele estende o aparelho para mim e, quando vou pegar, ele não solta o telefone. Por um instante ele brinca comigo de cabo de guerra e eu entro na brincadeira. Então ele larga o telefone, faz o cobertor deslizar e me encara da cabeça aos pés.

— A gente pode se encontrar de novo quando você tiver dezoito anos?

Cedo demais, cedo demais, cedo demais. Mas estou tentando descobrir como vou aceitar os elogios dele.

— Não tenho ideia.

(Trocando em miúdos: não tenho a MÍNIMA ideia.)

Ele balança a cabeça, e eu puxo o cobertor para cima.

— Espera até eu me vestir? Vamos juntos até a estação de trem.

Faço que sim com a cabeça.

— Vou pôr um som para você enquanto eu me arrumo.

Ele escolhe Johnny Cash (motivo: SEI LÁ), e eu termino meu café. Penso em minha tia Kayla contando a história do dia em que ela conheceu Johnny Cash em pleno elevador de um hotel em Manhattan. E como ela esbarrou nele mais tarde e ele disse *Oi, Kayla*, como se fossem velhos amigos, e como ela disse que poderia ter morrido ali mesmo.

Eu não conto a Seth esta história. Em vez disso, deixo ele tagarelar comigo sobre seu programa de interpretação teatral e como ele quer atuar num papel fora de sua faculdade, por isso amanhã vai fazer uma audição para um espetáculo "fora do sindicato, fora da Broadway" que provavelmente não é grande coisa, mas ele está tão irritado com os alunos da NYU neste exato momento que ele precisa conferir quais outros tipos de pessoas estão fazendo teatro na cidade.

— Como ficou sabendo sobre essa audição?

Ele entra de novo na sala. Ainda não colocou a camisa, mas agora está de jeans preto e botinas de combate. À medida que vai secando, o cabelo dele começa a se eriçar com a estática.

— Por quê? Quer ir?

— Eu? Eu não posso.

Não posso? Não é como se eu nunca tivesse feito isso. Talvez seja exatamente disso que eu preciso agora. Talvez seja um tipo de passagem para escapar dessa rotina. Uma passagem para um lugar do qual me esqueci quando eu estava com Peter.

Ele entra no banheiro de novo, cantarolando junto com a música. Ele não me respondeu, mas, afinal de contas, o que me importa?

Entra correndo na sala de estar, salta por cima da mesa de centro (que, na verdade, é um velho e grande baú empoeirado) e dança ao redor enquanto entoa a letra da canção.

– Arranquei um sorriso seu, minha adorável Genesis. Eu sabia que ia conseguir.

– Eu gosto de sorrir.

– Não muito.

É o que a Rose sempre diz. Que eu não preciso ser tão durona o tempo todo. Que eu não devo ficar pensando demais sobre tudo. É uma coisa difícil de mudar. Então eu retorço a boca. Como se estivesse testando meu próprio sorriso para ver se ele funciona. E eu me sinto mais leve. Como se quisesse saltar nessa correnteza de ar em que Seth flutua.

– Eu gosto de sorrir.

– Sei que gosta. Dá para notar.

– Mesmo?

– Passamos um tempinho juntos ontem à noite, sabe?

– Bem que eu queria me lembrar.

– Já atuou antes? Teatro? Música? Qualquer coisa?

– Sim, trabalhei em algumas peças.

– Eu sabia!

– Como é que você sabia?

– Na verdade, eu não sabia. Eu só fingi que sabia.

– Ah.

– Você devia aparecer amanhã.

– Não posso.

Ele chega perto de mim no sofá... Mais perto do que seria permitido. Então pega meu rosto entre as mãos, como se estivesse examinando a minha pele e os meus olhos. O rosto dele fica tão perto do meu que eu posso sentir o cheiro de hortelã nos dentes recém-escovados, e logo ele me larga.

– Confirmado. Você é um ser humano que vive e respira. É exatamente isso que eles estão procurando nesta peça.

– Ah, deixa disso.

– Sinto que você está pensando no caso.

– Não estou, não.

– Olha só. Vou dizer a minha opinião. Uma bela noite, duas pessoas se encontram aleatoriamente no parapeito do terraço. No parapeito do terraço! E aí? Elas saltam juntinhas ou apenas voltam a se esconder em suas tocas?

O parapeito do terraço foi o lugar perfeito para conhecer este cara.

– Daí você se esquece do seu telefone aqui e casualmente eu tinha uma audição agendada. É muita coincidência. Dá pra notar que você é do tipo que salta. Não do tipo que se esconde.

Observo o telefone desligado em minhas mãos.

– Qual é o título da peça?

– Eu estaria mentindo se eu dissesse que eu sei.

– Sério?

– Já te falei. Mandei a cautela às favas. Vou saltar. Não preciso de algo estabelecido. Quero algo totalmente fora da caixa. Totalmente fora do convencional.

– Não sei se essa ideia é tão boa assim.

– Bem, não decida agora. Mas se ainda estiver pensando nisso quando acordar amanhã, você deve arriscar.

Algo profundo e enterrado começa a formigar em minhas entranhas, tentando emergir. Estou com medo de quê?

– Se não estiver mais pensando nisso, a gente pode simplesmente se esquecer de que algo aconteceu. Combinado?

Estou sorrindo outra vez. Como se ele tivesse me virado de cabeça para baixo.

– Combinado.

ATO II

Cena 2

(Esta cena acontece na sala de estar, na casa de Genesis. As luzes se acendem com GENESIS lendo no sofá. Alguém começa a bater na porta. Ela não está esperando ninguém, mas, quando espia pela janela para ver quem é, não parece surpresa. Começa a se esgueirar para fora da sala, mas outra batida a obriga a pensar duas vezes.)

PETER

(Falando através da porta.)

Gen! Sei que você está em casa.

(Ela abre a porta. PETER se aproxima dela, e ela não reage. Ele coloca os braços ao redor dela. Ela sente o abraço, mas não se mexe. Está rígida, indiferente.)

PETER

Genny Penny.

(O abraço se prolonga e PETER beija a testa dela e improvisa palavras doces e reconfortantes, até que ela enfim corresponde ao abraço. Quando se separam, vemos que GENESIS tinha chorado no ombro dele.)

PETER

Eu estava com medo de vir aqui. Medo de que não me abrisse a porta. Medo de que não me deixasse encostar em ti. Você desapareceu, Gen. Onde você estava?

GENESIS

Tem sido uma barra por aqui.

PETER

Você faltou uma semana de aula.

GENESIS

Eu sei.

PETER

E não respondeu a nenhuma das minhas ligações ou mensagens.

GENESIS

A minha mãe precisou de mim. Tive de cuidar de um monte de coisas nesta semana. É muita pressão numa pessoa só.

PETER

Você não é obrigada a fazer tudo.

GENESIS

Você não entendeu. Eu quis dizer que eu não quero colocar pressão em você.

PETER

Eu sou o seu namorado, Genesis. Supostamente.

GENESIS

Eu sei.

PETER

Tem que me deixar ajudar. Seja o que for. Consigo lidar com isso. Não vou a lugar nenhum. Não vou te abandonar.

GENESIS

Eu sei.

PETER

Acho que consigo suportar bem mais do que você imagina.

GENESIS

Tudo é tão perfeito para você. Acredite, você não ia gostar de ver o que acontece por aqui às vezes.

PETER

É isso que você acha? Que para mim é tudo perfeito?

GENESIS

Não é?

PETER

Parece que temos muito a aprender um sobre o outro. Os dois lados.

GENESIS

Eu aceitaria pais rigorosos e ameaças de castigo e apoio e incentivo incondicionais em troca de um pai morto e uma mãe com pavor de ficar uma semana sozinha.

PETER

Eu te amo, Genesis.

GENESIS

O quê?

PETER

De verdade. Eu te amo. Deixe-me ficar ao seu lado. Deixe-me estar aqui para você.

(Ela faz que sim.)

Você quer as regras? Aqui está uma: não ignore as minhas ligações. Você tem que me responder.

GENESIS

E se eu não responder?

PETER

Então você fica de castigo.

GENESIS

Eu queria responder.

PETER

Pensei que eu tinha perdido você. Eu deveria ter vindo antes.

GENESIS

Eu também.

PETER

Não sou adivinho.

GENESIS

Não, eu quero dizer. Eu também. Te amo.

(PETER a abraça de novo. Os dois se beijam.)

PETER

Eu te amo.

GENESIS

Eu deixo você ficar ao meu lado. Só espero que esteja pronto.

PETER

Vamos fazer isso. Vamos saltar. Sem nos esconder. Apenas saltar. Um... Dois... Três...

(Blecaute.)

Quando estiver pronta, retome a rotina normal

Aproximando-se da estação, escutamos o trem chegando, e Seth desce correndo as escadas. Eu sigo logo atrás, e conseguimos entrar no último instante.

Sentamos juntos, e vislumbro o nosso reflexo borrado na janela oposta. Seth tamborila com a ponta dos pés na haste metálica em nossa frente. Ele aponta um homem vestindo uma meia alaranjada e outra com bolinhas, enquanto um senhor, enrugado e cansado, toca uma melodia conhecida na gaita de boca.

– Tenho uma ideia – fala Seth de repente.

– Que tal se eu matar meu primeiro período, e a gente comer alguma coisa?

Vasculho todas as desculpas para não aceitar o convite de Seth. Tenho que carregar o telefone. Tenho que ligar para Rose. O que mais aparece em minha lista?

– Vamos descer na Terceira Avenida. Um dos meus lugares favoritos fica ali perto. O que me diz, Genesis Johnson?

Não sei. Não sei. Não sei. Parte de mim já está sintonizada em sua frequência, mas outra parte quer se desvencilhar, ir para casa, executar o meu plano.

– Não responda. Ainda temos que atravessar o rio entre Brooklyn e Manhattan – pondera ele. – Estamos embaixo d'água. Mas não se preocupe, você ainda consegue respirar.

Mas antes que eu possa exalar, pelos alto-falantes uma voz feminina automatizada avisa que chegamos à Primeira Avenida. Estamos nos aproximando. Vejo um risco de luz lampejar atrás de nossos reflexos.

Mais uma parada para decidir. Não há tempo para fazer uma lista de prós e contras. Sem tempo para comparar vantagens e desvantagens. Eu simplesmente não deveria ir. Posso ficar neste trem e baldear na Oitava Avenida com destino a Port Authority. Não tenho um montão de coisas para fazer?

Então escuto a mesma voz feminina outra vez.

– Estamos na Terceira Avenida. A próxima parada é em Union Square.

Chegamos.

Eu me levanto.

Seth pula na plataforma.

Agora a gravação de uma voz masculina assume.

– Afastem-se das portas, por favor.

Ainda estou no trem.

Um sinal sonoro de alerta, e as portas começam a se fechar.

Seth me encara. A expressão dele não se altera. Procuro incentivo ou irritação ou algo que possa me impulsionar em qualquer uma das direções, mas ele me deixou ali na beirada para eu tomar minha própria decisão, e as portas estão literalmente se fechando na minha cara.

Mas então eu deslizo entre as portas e elas se fecham atrás de mim. Ouço o trem chiar e guinchar, e o mundo gira à minha frente. Eu pisco e avisto Seth com a mão levantada.

– Bate aqui – diz ele com a mão suspensa no ar. – Vamos, não me deixe aqui plantado.

Ah, uma batida de mão. Aperto a mão dele com a minha mão espalmada e a deixo ali. Ele agarra a minha mão e me puxa para as escadas rolantes, rumo ao coração da cidade.

Serpenteamos pelas ruas de East Village. É um dia estranhamente quente para o inverno. Ainda precisamos de nossos casacos e cachecóis, mas o sol está brilhando. Caminhamos para St. Mark's Place, com suas calçadas entulhadas de reluzentes óculos de sol, boás de pluma, meias listradas e correntes para carteira. Passamos por um lugar chamado Bowery Poetry Club, e eu imagino Delilah no microfone atingindo em zigue-zague os corações do público.

– Tem certeza de que não precisa ir pra aula?

– Não se preocupe com isso. E você mesma não deveria estar na escola, mocinha?

– É uma longa história.

Não estamos muito longe da Planned Parenthood. Calculo que uns oitocentos metros. Tanta coisa pode acontecer em três dias. O mundo pode parar num solavanco e depois dar uma guinada na direção oposta, ao que parece.

– Gosta de lámen?

Sinceramente, o único lámen que já comi era uma espécie de macarrão instantâneo que vinha com um pacotinho de tempero, mas algo me diz que não é a isso que ele se refere.

– Acho que sim.

– Uma tarde de inverno é a ocasião ideal para degustar um lámen. Em especial, após uma noite de bebedeira. Confie em mim.

Ele abre a porta para mim, e nós nos embrenhamos no restaurante de vitrines embaçadas, escolhendo dois lugares no balcão. As paredes estão suando, e a tinta branca está descascando. Meu rosto instantaneamente sente o calor. Seth encomenda duas tigelas de missô lámen e um bule de chá. No restaurante sem música só tem outra pessoa na mesa de canto. Cartões postais desbotados tapam uma parede. De todos os lugares desde Kentucky até o Taiti.

Ele escora os cotovelos no balcão e se inclina lateralmente para me encarar. Eu fixo o olhar no movimento na cozinha.

– Então – diz ele. – Conta tudo pra mim.

– Tudo?

– Tudo.

– O que é que você quer saber?

– Eu já disse. Tudo!

Tudo parece mais do que eu aguento agora.

– Se quiser, comece com a longa história de por que você não foi à escola hoje.

– A resposta curta e grossa? Fui suspensa.

– Uau! Garota malvada. Não é de se admirar que eu tenha gostado de você.

Ele gostou de mim? Isso não é bom. Alguém na cozinha toca uma campainha. Vejo que o nosso garçom leva uma tigela fumegante para o homem no canto, que está fazendo palavras cruzadas num jornal. Ele coloca a caneta atrás da orelha e dobra o jornal.

– Na real, não sou durona.

– Eu sei. Eu sei. Então por que você foi suspensa?

A história que leva até a suspensão formiga em minha língua, mas ainda não tive a chance de entender direito a sequência dos acontecimentos. O que estou fazendo aqui, almoçando com outro cara? O que estou fazendo aqui com tanta coisa para resolver?

– Que tal a gente falar em outra coisa?

– Escolha o assunto – diz ele abrindo o zíper do moletom com capuz. Está cada vez mais quente a cada minuto que passamos aqui. – Em que você está pensando neste exato instante?

– Estou pensando em como vim parar aqui.

– Essa é fácil. O trem L.

– Você sabe o que eu quis dizer.

A boca dele é um doce quando ele sorri.

– Meus pais já moraram neste bairro.

– Onde?

Eu não respondo. Bem que eu gostaria de saber mais sobre a vida deles aqui. Sei que eles tinham um apartamento na esquina da East 7th com a Avenida D. Sei que eles tinham que subir três lances de escada para entrar. Sei que eles decoravam o teto com luzinhas brilhantes e uma parede era malhada como uma vaca holandesa. Não existem muitas fotos. Apenas histórias dispersas.

– Meu pai escrevia peças teatrais.

– Então está em seu sangue.

– Acho que está.

Tento ignorar a sensação de que meu pai está me observando agora, porque isso parece cafona, mas, sim, eu sinto algo parecido. Como se ele tivesse enviado esse guia para me trazer aqui, para o lugar em que ele antigamente se inspirava. Eu sinto a presença dele, às vezes. O espírito dele. Eu nunca contei isso a Peter. Nunca contei isso a ninguém.

Mas então eu olho para Seth e ele é só um cara de carne e osso. É isso. Um estranho, na verdade. E talvez ele esteja aqui para me levar a algum lugar, mas não foi enviado dos mundos do além.

– Desde que ele morreu, nunca mais subi num palco.

– Ah, eu sinto muito.

Eu entrelaço as mãos em meu colo.

– Como ele morreu?

Há muito tempo eu não me confrontava com este dilema: contar a verdade ou a *história*.

Todos em meu mundinho já sabem como ele morreu (obrigada, Vanessa!), mas esta é a primeira vez que um estranho chega nesta encruzilhada. Seus olhos estão grudados em mim.

– Heroína.

– Putz.

– Sim.

Deixamos que essas palavras se sedimentem entre nós. O garçom larga duas tigelas de lámen no balcão. Acompanham fatias de carne de porco e meio ovo cozido mole, além de cebolinha e grãos de milho boiando na tigela. Seth não toca a comida. Espera que eu continue.

– Parei de fazer qualquer tipo de teatro, porque eu não queria subir ao palco sem que ele estivesse na plateia.

– O que você fez em vez disso?

– Acho que me apaixonei.

Afundo a colher na tigela e assisto a uns ingredientes rodopiarem em torno dos outros. Eu a encho com caldo apenas e degusto os sabores salgados e quentes.

– Continua apaixonada?

– Acho que não.

Seth abre seu pacote de pauzinhos, esfrega um no outro e pega primeiro seu meio ovo.

– E *você* já se apaixonou alguma vez? – eu indago.

Ele abaixa seus pauzinhos.

– Sim, já.

– Já teve seu coração partido?

– Completamente triturado.

A gente para e se entreolha novamente. É fácil me abrir com ele, e eu não sei bem por que motivo.

– Então – diz ele. – O seu coração está partido?

– Acho que está.

– E vai curar em três semanas?

– Três semanas? Ah. Bem, uma parte de mim vai.

– Bom.

Agora eu decido experimentar o macarrão, e não existe uma abordagem graciosa. Dou um jeito de abocanhar uma porção com os pauzinhos antes de o resto deslizar para dentro da tigela e respingar em nós dois. Ele ri e pede garfos para o garçom.

– Não sou tão orgulhoso a ponto de não usar um garfo.

Parece que a minha pele está rachada e aberta. Parece que o meu coração irrompeu corpo afora neste exato instante. Bebemos ruidosamente a nossa sopa.

– Por que você quer fazer uma peça teatral fora da faculdade?

– É complicado explicar.

– Pode me testar.

Seth coloca o molho picante em sua tigela e o entrega para mim. Eu salpico umas gotas na tigela e observo o risco vermelho atravessar o caldo.

– Tá bom. Estou no meu segundo ano, certo?

– Certo.

– E no ano passado, tudo parecia muito fácil.

– Como assim?

– Sem dúvida, no interior das muralhas da NYU a competição corre solta. Mas para mim não soa verdadeiro. Parece que não existe qualquer tipo de esforço por trás do que estamos fazendo lá.

– E você quer o esforço?

– Acho que sim.

– Por que não tem esforço lá?

– Não sei bem ao certo. Talvez porque todo mundo recebe grana de seus pais ou coisa parecida. Segurança demais.

– E você também?

– Sim.

– Você é de onde?

– Sou um Hoosier – diz ele, rindo.

– E o que é um Hoosier?

– É quem vem de Indiana!

– Certo.

Fico me perguntando se eu me intrometi demais. Mas daí eu me lembro de que também me abri com ele.

– Já pensou em se mudar para cá? – indaga ele.

– Para Nova York?

– Sim.

– Não tenho certeza.

– Não?

– Não tenho certeza sobre muita coisa atualmente.

– Não tem certeza de que está comendo agora mesmo a mais deliciosa tigela de lámen que já comeu?

– Disso eu tenho certeza.

– Trazendo você de volta à vida?

– Sim. Ainda bem. Eu realmente fiz isso comigo ontem à noite.

Ele abre um sorriso e toma o resto do caldo entornando a tigela.

– É com tristeza que tenho de informar que preciso ir andando para minha próxima aula. Esta eu não posso faltar.

Seth paga o nosso almoço e saímos com pressa. O homem retoma suas palavras cruzadas. Com um aceno de cabeça, ele se despede de nós.

– Posso acompanhar você até a aula?

Seth estende o cotovelo, e eu engancho o meu braço nele.

No caminho, ele me conta sobre a mudança a Nova York e como nunca teria vindo para cá se não tivesse sido traído pela namorada. Ele ia ficar, e os dois planejavam morar juntos em Indianápolis. Mas então ele a pegou no flagrante e esse foi um impulso suficiente para vir a Nova York e deixar tudo para trás.

Paramos em frente a um prédio onde tremula uma bandeira roxa, próximo ao Washington Square Park.

– Vê se aparece amanhã na audição. Ontem à noite, nossos caminhos se cruzaram por um motivo.

– Não sei se estou pronta.

– Também não sei se você está, mas às vezes a gente precisa dar um salto e descobrir. – Ele olha para seu telefone. – Droga. Sinto muito. Tenho que correr.

– Pode ir. Tudo bem.

Ele pega o meu queixo entre as mãos e aproxima o rosto em minha direção. Sei aonde ele vai e quero impedi-lo, mas não tenho certeza se eu sou forte o suficiente. O hálito dele toca a minha pele.

– Tem certeza de que não posso beijar você?

– Não.

– Não posso beijar, ou não tem certeza?

– Não tenho certeza. Mas acho que agora não.

Ele encosta a testa dele na minha.

– É justo. Manda uma mensagem de texto que eu te passo os detalhes para amanhã. Qualquer pessoa é bem-vinda. Não precisa preparar nada.

Ele aperta meu nariz entre o indicador e o pai de todos e depois mostra o polegar entre os dedos.

– Além do mais, vou levar isto, e talvez você queira ele de volta.

Eu abro um sorriso. O tipo de sorriso que nos queima por dentro. Chia, sibila e estala. Fico olhando ele entrar no prédio.

Depois eu me viro e fito o parque. O dormitório de Delilah é bem ali, do outro lado. O edifício que foi meu refúgio há dois dias, agora lança uma sombra gigante direto em minhas entranhas.

Um giro de cento e oitenta graus.

ATO II

Cena 3

>(Esta cena acontece na cozinha. Música toca suave no segundo plano. Ao abrir das cortinas, GENESIS põe a mesa. À cabeceira da mesa, a MÃE de Genesis está sentada, em posição de aconchego. Fora do palco, ouvimos gente entrando na casa, e DELILAH e tia KAYLA entram trazendo sacos de comida.)

TIA KAYLA

Feliz Dia de Ação de Graças, querida.

>(Ela abraça GENESIS. E DELILAH também. Depois as duas abraçam a MÃE de Genesis antes de desembalar a comida.)

TIA KAYLA

Eu queria cozinhar, senhoras, mas a tentação foi grande de encomendar tudo.

DELILAH

Tudo bem, mãe. Tudo parece delicioso.

TIA KAYLA

Concorda, Genny? Eu queria que isso fosse tão normal quanto possível.

GENESIS

Sem problemas. Não sei se ela vai comer.

TIA KAYLA

Mary, como você está se sentindo?

GENESIS

Ela não falou nada hoje. Mas veio até a mesa, e isso é bom sinal.

TIA KAYLA

Mary, eu sei que você adora o feriado de Ação de Graças. Eu trouxe batata-doce com marshmallows. Você é a única pessoa do universo que gosta deste prato.

GENESIS

Meu pai gostava.

(Todo mundo olha para a MÃE. Ela nem se mexe.)

TIA KAYLA

Você está certa. Devon também gostava. Aqui nesta casa vocês parecem umas formiguinhas doceiras. Está com fome?

GENESIS

Mais ou menos.

TIA KAYLA

Está tudo bem?

DELILAH

Mãe, pare de se preocupar. Vamos comer, certo, tia Mary?

(Ela continua sem se mexer.)

GENESIS

Acreditem em mim, trazê-la até a mesa já foi um progresso. Não se preocupem. Eu faço ela comer quando vocês saírem.

TIA KAYLA

Mary, estou feliz com sua presença conosco aqui nesta mesa. Sou grata por isso. Dev ficaria contente ao te ver na mesa conosco, também.

GENESIS

É estranho Ally não estar aqui.

(TIA KAYLA assente com a cabeça.)

GENESIS

Eles estão fazendo a ceia na casa deles. Fomos convidadas.

TIA KAYLA

Eu sei. Também nos convidaram. Atenciosos, realmente. Considerando tudo que aconteceu.

GENESIS

Falou com eles?

TIA KAYLA

Claro que sim.

GENESIS

Ah.

(TIA KAYLA vai servindo a comida nos pratos de todos.)

GENESIS

A vó falou se ia aparecer por aqui um dia? Para nos visitar?

TIA KAYLA

Não, querida.

GENESIS

Certo.

TIA KAYLA

Se quiserem, eu posso levar vocês para visitá-los.

GENESIS

Não sei.

TIA KAYLA

Depende de você.

GENESIS

Eu sei.

(A comida é servida.)

TIA KAYLA

(Brincando)
Devemos fazer uma oração para agradecer?

DELILAH

Comida boa, carne boa, Deus bom, vamos comer!

TIA KAYLA

Que menina mais irreverente.

DELILAH

Você teve sorte.

TIA KAYLA

Claro que tive. Então, vai contar ou não vai, Delly?

GENESIS

Contar o quê?

TIA KAYLA

Eu posso?

DELILAH

Deixa que eu conto. Enviei meu pedido para a NYU.

GENESIS

Isso é incrível! Por que você não me mandou uma mensagem de texto?

DELILAH

Eu mandei. Escrevi para você me ligar. Porque eu tinha novidades.

GENESIS

Ah. Certo. Você realmente me enviou algo assim.

TIA KAYLA

Foi uma semaninha difícil, não é?

GENESIS

Sinto muito, Del.

DELILAH

Eu entendo. Não se preocupe com isso.

GENESIS

Vai me manter informada?

DELILAH

Vou, sim. Mas vou poupar você dos detalhes. Você não ia querer entrar no inferno da minha ansiedade. De hora em hora já estou conferindo a nossa caixa de correio, e eles provavelmente nem sequer abriram o meu pacote ainda.

GENESIS

Eles enviam a resposta pelo correio?

TIA KAYLA

Provavelmente avisam por telefone. Ou por e-mail.

GENESIS

Vai me abandonar aqui em Jersey?

DELILAH

Não é tão longe assim.

TIA KAYLA

Gostaria que você também tentasse algo na Rutgers.

DELILAH

Eu preciso estar em Nova York.

    (A MÃE dá umas tossidas.)

TIA KAYLA

Eu sei. Quem me dera o meu irmão tivesse levado você para conhecer a faculdade.

    (Silêncio.)
    (A MÃE se levanta e afasta-se da mesa flutuando.)

TIA KAYLA

Me desculpe, Gen.

GENESIS

Fica fria. Daqui a pouco eu vou ver como ela está.

TIA KAYLA

A gente não precisa deixar de falar nele.

GENESIS

Eu sei.

TIA KAYLA

Deixa que eu vou. Não saia daí.

GENESIS

Certo.

(TIA KAYLA enche uma tigela com batata-doce.)

TIA KAYLA

Vou levar isto junto.

GENESIS

Boa ideia.

(A tia dela sai.)

DELILAH

E contigo, tudo bem?

GENESIS

Na verdade, sim, tudo bem.

DELILAH

Lá em casa a minha mãe fala nele ainda mais.

GENESIS

Está tudo bem. Verdade.

DELILAH

Sabe que pode contar comigo.

GENESIS

Eu sei. Tem uma coisa que eu queria te contar.

DELILAH

Ah, é mesmo?

GENESIS

Sim.

DELILAH

Ai, meu Deus. Esse sorriso em seu rosto. O que está acontecendo?

GENESIS

Bem... tá legal, vou contar logo... Estou apaixonada.

DELILAH

Mentira.

GENESIS

É o momento mais bizarro para isso acontecer.

DELILAH

Eu o conheço?

GENESIS

Não que eu me lembre. Peter Sage?

DELILAH

Peter Sage. Não. Eu não conheço. Bem, mal posso esperar para conhecê-lo.

GENESIS

Você vai.

DELILAH

É melhor que ele cuide bem de você, ou ele vai ter que se ver com a sua prima!

GENESIS

Eu sei disso. E é isso que eu amo em você.

DELILAH

Sério. Sei que você tem a Rose, e sei que a minha mãe está ajudando você no dia a dia, mas eu também estou aqui se precisar de mim. Para o que der e vier.

GENESIS

Sei disso.

DELILAH

Ele sabe de tudo?

GENESIS

Ainda não.

DELILAH

Ele vai conseguir lidar com isso?

GENESIS

Tenho certeza de que vai.

>(GENESIS olha para o quarto da mãe dela. DELILAH continua comendo.)
>(As luzes se esvaecem.)

Você não está sozinha

Ao chegar em casa me deparo com o carro de Rose estacionado em frente à minha casa. Bem que eu deveria ter esperado isso. Quando ela não recebe resposta, ela aparece. Nem cheguei à varanda e a porta se abre com ela no vão, pronta para soltar os cachorros.

— Onde foi que você se meteu?

Boa pergunta. Onde foi que eu me meti? Fecho meus olhos e em meu peito sinto o tremor dos quase beijos dessa tarde.

— São quase oito da noite, e você ficou o dia inteiro sem mandar notícias.

Levanto o meu telefone.

— Bateria morta.

— Cheguei a pensar que era justamente assim que você estava. Morta. Meu Deus, Gen, você não pode agir como fez ontem à noite e depois não responder a ninguém.

— Rose, meu telefone está com a bateria descarregada. Deixa eu colocá-lo para carregar, e daí podemos brincar de "me conta tudo", certo?

Ela me segue até o meu quarto.

— À vontade, soldado. Estou em casa. Não vou a lugar nenhum.

Eu plugo o telefone e desabo em minha cama. Ela deita a meu lado e me deixa tomar fôlego. A história da noite passada. Agora eu tenho que enfrentá-la.

— Estraguei tudo ontem à noite? Não me lembro de nada.

Ela balança a cabeça de modo negativo, mas de um jeito que significa sim. Daí o meu telefone começa a vibrar fora de controle.

— Pode apostar que eu te mandei umas oitenta mensagens.

Eu realmente tenho trinta e sete mensagens de texto: 21 de Rose, 9 de Delilah, 4 de Ally e 3 da minha vó. 0 de Peter.

– Agora não posso explicar. Que tal simplesmente me contar o que foi que aconteceu ontem à noite?

– Já falou com a Delilah hoje? – pergunta Rose.

– Rose, acabei de resgatar o meu celular. Eu tinha deixado ele na casa daquele cara ontem à noite e hoje fui buscá-lo.

– Aquele cara? Foi ver aquele cara hoje?

– O que é que tem?

– Ah, Gen, você precisa falar com a Delilah.

– Por quê?

– Você precisa falar com a Delly, Gen. Ela não está muito feliz com você agora.

– Como?

Quemquêquandocadêcomo e por quê?

– Acho que ela conhece o cara.

– Sim, e daí? É o carrasco do machado ou algo assim? Porque para mim ele parece ser um carinha bem simpático.

Ela me olha como se eu tivesse ficado louca. E realmente não sei por que eu estou defendendo ele. Até onde eu sei, ele bem que poderia ser o carrasco do machado.

– Ele não é o carrasco do machado. Mas ela conhece alguém que namorou com ele.

– O que é que tem?

– O que é que tem o quê?

– Ela gosta dele ou algo assim?

– Está brincando?

– Não, não estou brincando.

– Genesis, você está cega?

– Do que é que você está falando?

– Você não é o centro do universo!

Ela ergue tanto a voz que eu tenho certeza de que a minha mãe conseguiu nos ouvir agora. Com sorte ela não vai querer se envolver hoje.

– Não estou dizendo que sou!

– Não precisa falar, Genesis. Simplesmente é. Você nunca valoriza o que a Delilah faz por você. Ou alguém mais.

Nós duas estamos em pé agora. Ela está me encarando de perto. Eu retruco com o coração acelerado:

– Olha quem está falando sobre ser egocêntrica! Você é a pessoa mais egocêntrica que eu conheço!

– Então faz um tempão que você não se enxerga. Você acha que ninguém nunca vai entender você. Mas as notícias VOAM! E NÓS TAMBÉM! Pare de afastar todo mundo como você fez com Peter.

Eu paro.

Prostrada.

Ela não recua.

– É isso que você pensa, Rose? Que foi culpa minha ele ter me largado NA MALDITA PLANNED PARENTHOOD?

Agora não só a minha mãe ouviu isso, mas toda a cidade de Point Shelley.

– Genesis. Por favor.

– Por que você falou uma coisa dessas?

– Peço que me desculpe.

– É isso que o pessoal anda falando? É isso que o pessoal pensa? Que eu o afastei? Que é tudo culpa minha?

– Não, Gen.

– Então por que você falou aquilo?

– Pode parar. Às vezes, você não enxerga o panorama inteiro. Não se esqueça das conversas que já tivemos. Sobre ficar entediada. Sobre não saber se vocês realmente combinavam.

Ela tem razão.

E embora eu sinta ganas de expulsá-la porta afora e ficar sozinha agora, eu me controlo. Eu me recomponho.

– O que aconteceu ontem à noite? – eu pergunto.

– Do que é que você se lembra?

– Não muita coisa.

– Delilah ficou preocupada contigo quando voltou ao apartamento de Kendra e você não estava lá. Não foi porque o moço é o carrasco do machado. Não porque gosta dele. Mas ela não queria que você cometesse uma burrice e depois se arrependesse. Talvez ela tenha extrapolado. Talvez tenha sido um exagero. Mas ela ficou preocupada.

— Eu só estava curtindo bons momentos.

— Gen, você estava podre de bêbada. Durante a viagem toda para casa tivemos que ficar estacionando toda hora para você vomitar fora do carro.

— Sério?

Ela faz um aceno positivo com a cabeça.

— Sério.

— Ai, meu Deus.

— Pois é.

— E como vocês me encontraram?

— Ela descobriu qual era o apartamento dele e quase colocou a porta abaixo. Will queria bater nele, mas isso é porque ele é um idiota.

— Tenho medo de perguntar o que estava acontecendo quando você nos encontrou.

— Você estava desmaiada na cama dele. Ele não parava de jurar que não tinha feito nada contigo. Que você tinha implorado para que ele a levasse ao apê dele para dormir. Ele nos contou que ficou perguntando pra ti se devia avisar alguém e você dizia que isso não importava. Então ele acreditou em sua palavra. Eu meio que senti pena dele. A forma como Delilah e Will estavam agindo parecia que os dois achavam que ele era um estuprador ou coisa parecida.

Meu coração dispara de novo.

— Ele *não* é um estuprador! Isso é loucura!

— Calma, calma. Eu também acho que não. Sei que você fica com sono quando bebe.

A gente deveria ter prestado mais atenção.

— Ele não fez nada comigo!

— Genesis! Não estou dizendo que ele fez. Só estou dizendo o que aconteceu.

Eu aceito isso.

— Daí nós tentamos te acordar, mas você ficou brigando com a gente. A Delilah foi bem cruel com aquele garoto. Eu queria defendê-lo, mas também queria ir para casa.

— Que coisa mais horrível. Eu nem acredito que ele não me contou nada sobre isso.

— Se eu fosse aquele cara, eu ia querer distância de você e de Delilah por um tempo. Estou surpresa que vocês se encontraram hoje.

— Acho que também estou. Uau. É tão louco o fato de eu não me lembrar de nada disso.

— Você bebia um copo atrás do outro. Tudo o que você queria fazer ontem à noite era esquecer.

Não consigo acreditar nessa história. Não consigo acreditar que ele quis me ver hoje. Muito menos matar aula e almoçar comigo.

— Rose, acho que eu preciso ficar sozinha.

— Ainda não, Gen. Não vou para casa ainda. Você não pode continuar fugindo.

Sei que não posso. Mas, às vezes, fugir não é correr rumo a algo certo? A algo que eu preciso. Volto para cama e, quando Rose vai ao banheiro, resgato o número de Seth e mando isto: *Não preciso esperar até amanhã para decidir.*

Ele responde imediatamente: *Sabia que não precisaria.*

Ele: *A gente se encontra antes na cidade?*

Eu: *Certo. Sim.*

Ele: *Tem certeza??????????*

Eu: *Absoluta.*

Ele: *Mal posso esperar.*

(Eu: me derretendo.)

(Ele: alguém que não é Peter.)

(Eu: sorrindo pois não consigo evitar.)

Rose me vê com o celular e indaga se estou enviando uma mensagem para Delilah. Para ser sincera, ainda bem que a parte dramática de ontem à noite *sumiu* de meu cérebro. Ainda bem que deletei tudo. Enviar uma mensagem a Delilah significa recuperar informações. Significa conversar. Significa me explicar, explicar meus atos.

– Para quem diabos você está enviando mensagens se não é para a Delilah?

– Ah, Rose – eu respondo. – Dá um tempo, vai. Essa vai ter que esperar até amanhã de manhã.

– Não é aquele cara, não é?

– Dá um tempo, Rose.

Ela não gosta, mas pedidos de tempo são sempre respeitados em nossa amizade. Ela vem rastejando e fica de novo ao meu lado na cama.

– Dormi com Will naquela noite. Depois que colocamos você na cama. Eu me ergo num pulo.

– Aqui?

Ela ri.

– Não! Meus pais estão viajando.

– Seus pais sempre estão viajando.

– Isso é tudo que você tem a dizer?

– Não. Só não sei se consigo imaginar você e o Will pelados na mesma cama.

– Só vou te contar uma coisa.

– Ok, vá em frente – eu digo, não sem antes enterrar minha cabeça nas cobertas.

– Foi... sensacional.

Dou uma espiada por cima das cobertas e posso jurar que as estrelas estão refletindo nos olhos dela.

ATO II

Cena 4

(Esta cena acontece em um quarto. As luzes aumentam e revelam GENESIS e PETER dando uns amassos na cama dela. Toca uma canção soturna e romântica. As coisas esquentam e GENESIS avança o sinal. PETER salta da cama e desliga o aparelho de som.)

PETER

Gen. Eu não posso.

(Ela não sai da cama.)

GENESIS

Eu sei. Eu sei.

(PETER volta para sentar-se ao lado dela. Os dois compartilham um estranho instante de silêncio.)
(Que se prolonga.)
(E se prolonga.)
(Ela sai da posição deitada e se senta na cama.)

PETER

Eu só...

GENESIS

Eu sei. Casamento.

PETER

Sei que é antiquado. Mas sempre foi importante para mim.

GENESIS

Vamos nos casar então.

    (Os dois caem na risada.)

GENESIS

É bem provável que a gente se case. Não acha?

PETER

Bem provável.

GENESIS

Não consigo me imaginar ao lado de outra pessoa, e você?

PETER

Também não.

GENESIS

Tem uma equação matemática em algum lugar aqui. Vê como tudo se encaixa?

PETER

Eu te amo.

GENESIS

Então me beija.

    (Ele obedece.)

GENESIS

Não pare. Não pare nunca.

    (Blecaute.)

Se tiver 38°C de febre, ligue imediatamente

No dia seguinte eu me encontro com Seth na esquina da Rua 14 Leste com a Primeira Avenida, e sinto orgulho de mim mesma por estar tão à vontade em me deslocar pela cidade grande. Hoje eu ainda não desacelerei o suficiente para parar e questionar essa decisão. Não contei nada a Rose. Combino o jantar com meus avós e a minha irmã para as 19h, o que deve dar tempo suficiente para fazer isso e chegar no horário.

Ao avistá-lo, eu preciso me controlar muito para não pular e me enroscar no pescoço dele. A gente se gruda num abraço demorado e caloroso. Quando nos separamos dá uma sensação de descarga estática entre roupas recém-lavadas. Praticamente não falamos enquanto caminhamos pela Primeira Avenida. Talvez ele esteja nervoso. Talvez esteja se concentrando. Faz um tempão que não faço isso, nem sei como me concentrar.

Ele me leva a um bar, não a um teatro. Cheira a bebida choca, e o meu estômago borbulha de novo com a lembrança da outra noite. Nunca antes entrei num bar de dia. Não que eu já tenha entrado em muitos à noite também. O ambiente está encharcado em vermelho. Mobília vermelha. Placas de neon vermelhas. Cortinas vermelhas. Como se estivéssemos num antro antiquado ou num bar clandestino. Algo que engole luz e cospe poeira.

Uma espécie de dama bizarramente alta, toda vestida de cinza com cabelo cor de brasa brilhante, distribui formulários. Mas, mesmo com o flamejar de seu cabelo, eu sinto uma aura de frieza ao redor dela. O olhar dela é mordaz. O semblante, implacável. Um carequinha de roupa xadrez e óculos redondos, *vintage*, está sentado no canto, concentrado, perscrutando o ambiente com um olhar rigoroso e escrutinador. Meu primeiro instinto é me encolher num canto.

Tem mais gente aqui do que eu esperava. Todo mundo no salão está meio acelerado, meio com os nervos à flor da pele. Vejo outra moça com rostinho de adolescente e relaxo um pouco. Eu me sento ao lado de Seth numa cadeira preta com o assento de vinil rasgado e começo a preencher o formulário da audição.

Nome.

Essa é fácil.

Endereço.

Hummm. Será que eu devo colocar que moro em Nova Jersey? Acho que isso não importa, mas, por algum motivo, eu me sinto estranha em relação a isso. Como se pudesse haver um preconceito ou algo assim. Então eu minto e coloco o endereço da Planned Parenthood. Não é estranho? Só consigo pensar em dois endereços em Nova York – aquele e o de Delilah. E não quero colocar um endereço da NYU. Parece que o Seth quer se separar da escola, então eu também sigo nessa linha.

Mais perguntas estatísticas: e-mail, número de telefone etc.

E eu vou preenchendo de acordo.

Altura.

Essa também é fácil: 1,76 m.

Peso.

Nossa, isso é um pouco pessoal, não é? Mas tá bem. Pesei 57 kg na clínica quando eu estava grávida. *Magrinha demais*, falou a enfermeira. Aposto que agora eu peso menos. Muita coisa deixou o meu corpo desde então.

Idade.

Tenho que colocar outra mentira aqui. Dou uma espiada no formulário de Seth para ver se ele colocou 19 ou 21. Ele tapa a folha como se eu estivesse tentando colar num teste e depois cai na risada.

– Qual é o problema? – quis saber ele.

– Não sei o que eu ponho na idade.

Ele tira a mão e me deixa ler. Vinte e dois. Eu balanço a cabeça e coloco 19 anos na minha própria folha.

Ele ri de novo, mas faz um aceno de aprovação.

Tipo de voz.

Cantando? Soprano. Como a minha mãe.

Anexe o CV ou descreva suas três produções mais recentes. Merda.

Faz tanto tempo, certamente não vai soar bem. Será que posso preencher um espaço para os últimos anos que diga:

Chorando a perda de meu pai.

Dramático demais?

Que tal:

Rejeitei o passado até que ele sorrateiramente me encurralou numa noite de bebedeira no Brooklyn.

Eu poderia citar o espetáculo no Teatro Comunitário de Point Shelley. Com o diretor da patética cena de morte com o osso de galinha. Mas não me lembro do sobrenome dele. E faz um tempão, lá em Nova Jersey. Eu poderia incluir as produções que fiz na escola, depois disso. Mas é coisa de Ensino Médio, e acho que é melhor nem chamar atenção a isso. Acho que vou deixar em branco.

Treinamento formal?

Merda de novo. O que estou fazendo aqui mesmo? Será que vão se deixar enganar? Certo, fiz aulas de piano. Escrevo piano clássico. Isso não me abre muitas portas, acho.

Súbito me deparo com isto:

Por favor, liste todos os choques de horário a partir de hoje até as datas das apresentações e se há flexibilidade ou não.

Confiro o cronograma. Todos os ensaios são à noite, e isso é bom. Talvez eu não precise contar que frequento o Ensino Médio durante o dia. Ensino médio. Sem dúvida, teve aula hoje, mas, sem dúvida, eu estava suspensa. Peter foi à aula. E ele sabe que estou suspensa. E não fui à aula de escrita avançada para ver se ele e a Vanessa agora vão se sentar juntinhos como ele e eu costumávamos fazer. Corro o olhar pelo salão outra vez. Cheio de pessoas preenchendo seus formulários. Acabaram as cadeiras, e já tem gente sentada no piso escuro, todo lascado. Vejo que algumas pessoas terminaram e entregaram os formulários à dama da cabeleira de fogo.

Escrevo que eu tenho choque de horário durante o dia ao longo da semana até o começo da temporada, mas que isso é flexível. Não é verdade? Se eles realmente precisarem de mim, não quero ser inflexível.

Súbito me cai a ficha: realmente quero fazer isso.

Quero entrar nesse mundo. Pode ser frágil e esfarrapado, mas é eletrizado. Tenho aquela sensação meio doida de que o meu pai é de algum modo o responsável por esta tarde, mas balanço a cabeça para espantá-la.

O formulário pergunta se eu estaria interessada em qualquer outro aspecto desta produção se eu não for escolhida como atriz: equipe de palco, iluminação, som, construção de cenários, maquiagem, portaria, publicidade, bilheteria/concessões. Não quero parecer ridícula, então apenas coloco um check em equipe de palco e construção de cenários. Embora eu tenha a certeza de que faria tudo que me pedissem para fazer. Não que eu tenha experiência em alguma dessas coisas. Então faço um confere em maquiagem. Só por diversão.

A Dama de Fogo vai recolhendo os formulários das pessoas que ainda não devolveram. Algumas pessoas trouxeram fotos 3x4. Seth trouxe, mas ele fala para eu não me preocupar. Vejo que nem todo mundo trouxe. A outra adolescente trouxe. Ela tenta sorrir para mim, mas eu a ignoro. Não sei por quê. A Dama de Fogo manda eu me levantar e com um gesto manda outro cara, no lado oposto do salão, fazer o mesmo. Em seguida, nos entrega uma folha de papel com uma cena para preparar. As falas de cada um. Olho para Seth, que faz um gesto para eu me mexer. Peter não acreditaria se me visse aqui agora.

Seth é o tipo de cara que a sra. Sage chamaria de "malandro" por ter cabelo comprido. E que tal este rapaz prestes a passar a cena comigo? Tem no antebraço a tatuagem de um punhal em tinta preta grossa. Acho que malandro não seria uma palavra suficientemente forte para a sra. Sage.

– Oi, meu nome é Toby – diz o meu parceiro de cena malandro.

– Genesis.

– Acho que você é a Ruby.
– Faz sentido.
– E eu vou ser o Félix.
– Sabe o tema desta peça?
– Amor. O que mais? E sexo. E violência. Não sei muito mais do que isso. Mas Casper Maguire é um cara genial.
– Aquele careca?
– Não o conhece?

Eu balanço a cabeça.
– Por onde você andou?
– Hã... Nova Jersey?

Toby dá risada. Na real eu não estava tentando ser engraçada. E eu me dou conta de que não devia ter dito isso, já que aparentemente eu moro na Planned Parenthood.

Passamos a cena quatro vezes antes de sermos chamados à área demarcada como se fosse o palco. Com a tênue luz que penetra na janela sob as cortinas pretas, percebo os vestígios de uma poça de líquido derramado. Piso com a ponta do sapato e está grudenta. Luzes vermelhas ofuscam nossos olhos.

– Vocês estão no inferno – diz Casper (aparentemente, O Grande).

Casper é uma cabeça flutuante em meio à fumaça. Como o poderoso Mágico de Oz quando está todo grande e verde e ruidoso. A diferença é que Casper sussurra. Não vi Casper falar com ninguém desde que entrei neste salão, exceto com a Dama de Fogo. A sra. Karen chamaria o comportamento dele de *taciturno*. Ela diz que o meu comportamento também é. Ela diz que às vezes eu deveria simplesmente sorrir para alterar meu humor.

– Pois não? – é a minha resposta.

– Ruby. Ela está, ou melhor, você está no inferno nesta cena. Você está completamente arruinada. Acaba de perder o único homem que já amou em sua vida. Consegue imaginar isso?

Eu engulo em seco. E faço que sim com a cabeça.

Ele acena positivamente. Eu baixo o olhar para conferir se os meus pés estão bem firmes no chão. Estão. E não é por estarem grudados na bebida seca. Tenho que pensar. Para emocionar o público, eu tenho que entender o que está por trás destas palavras que estou prestes a dizer. Para que alguém sinta alguma coisa. Fecho os meus olhos e penso nisso enquanto inspiro e expiro. Inspiro. Expiro.

– Quando vocês estiverem prontos – diz Casper suavemente. Mas também meio que rosnando. Um rosnado suave.

Ergo o olhar e me deparo com Toby esperando pacientemente. Sou uma atriz de verdade agora, e isso me enche de eletricidade. Levanto a cabeça, e ele começa.

– Ruby, é tarde demais. Parece que morremos e agora viramos fantasmas.

Logo Toby, quer dizer, Félix, se transforma em Peter diante de meus olhos, e eu faço uma pausa. Faço a pausa e logo me vêm as palavras, as respostas escritas na folha em minhas mãos trêmulas. Fecho os olhos de novo.

– E quem foi que disse que não podemos ser fantasmas? Eu seria qualquer coisa para ficar com você. Qualquer coisa. Aqui, pegue o meu coração. Pegue a minha pele. Pegue os meus cabelos. Não preciso de nada disso se eu não estiver com você. Volte para mim, Félix. Não quero ficar viva se você sair por aquela porta. Nada mais me importa. Nada mais me importa. Nada mais me importa. Nada mais nada mais nada mais...

Em seguida Toby/Félix/Peter está me segurando pelos meus antebraços e eu deixo o meu peso cair. Eu poderia chorar, mas estou lutando contra isso. Porque sei que é isso que Ruby faria. Pelo menos neste momento. E eu acabei de conhecê-la.

O resto da cena voa. Eu luto contra o homem que está me abandonando. Eu me estraçalho e sangro.

Ao terminar as falas, nós dois estamos ofegantes.

Eu pestanejo de volta a mim mesma, a este salão vermelho. Com o careca rabiscando num bloquinho menor que a palma da mão dele.

Toby e eu nos entreolhamos. Depois olhamos de novo para Casper Maguire, que fecha o bloquinho e o repousa na cadeira ao seu lado.

– Você fica aí – ordena Casper, apontando para Toby. E para mim: – Você acabou.

– Acabei? – eu repito com esforço, pois acho que o fôlego se esvaiu de meu corpo.

– Acabou.

Ele chama outra moça para ler com Toby.

A Dama de Fogo me interrompe para conferir se o meu número de telefone está certo e depois avisa que o elenco será publicado amanhã à tarde em frente ao bar, ou posso esperar pela ligação. Procuro Seth correndo o olhar em volta. Mas ele está absorto no ensaio e decido escapulir sem me despedir. Talvez eu nem mesmo volte para conferir a lista do elenco. Talvez eu nem atenda à ligação. Talvez eu tenha imaginado demais que pertenço a este lugar, mas sou apenas uma garota estúpida de Nova Jersey que precisa brincar com crianças da sua idade.

Sair à francesa não funciona. Seth está na minha frente, num passe de mágica.

– Onde é que você pensa que vai? – indaga ele.

– Falaram que eu tinha acabado. Acho que estraguei tudo.

– Estragou tudo? De jeito nenhum, Gen. Eu assisti a vocês lá. Aquilo foi...

Não deixo ele concluir.

– Bem, ele não quer mais me ver, então acabei.

– Vai esperar a minha vez?

Eu olho para a porta. A minha rota de fuga. E para o relógio na parede. Seis da tarde agora. Merda. Daqui a uma hora, meus avós e minha irmã vão estar lá em casa. Se eu sair agora, só vou chegar um pouquinho atrasada.

– Vamos lá. Daqui a meia hora estou pronto. Espere por mim. Tem algo melhor para fazer?

Humm.

Algo melhor para fazer?

É difícil de acreditar que existe outro lugar além deste. É difícil de imaginar que vai ter gente me esperando em casa, mesmo sabendo que é exatamente isso que vai acontecer.

– Não vá.

Talvez Casper olhe para o meu lado uma última vez e se lembre de mim. Talvez seja parte do teste sentar-me aqui e esperar. A parceira de Seth o chama de volta.

A sra. Karen chamaria isso de autojustificação. Beleza. Estou me justificando. Mas também estou me desapegando. Começo a digitar uma mensagem para a minha família, mas sou interrompida pela voz de Seth. É o teste dele. Eu me viro para assistir. Está contracenando com uma moça alta de longos cabelos pretos e ondulados e um leve sotaque que eu não consigo identificar. Os lábios dela são de um vermelho brilhante, e o suéter também. Ele aperta as bochechas dela com uma das mãos, empurrando os lábios dela para fora, como os de um peixe; inclinando a cabeça dela para trás de uma forma que eu tenho certeza de que vai fazer o pescoço dela estalar. Ela se curva para trás com um olhar assustado. Um par de lágrimas aparece nos cantos dos olhos dela.

– Meu amor por ti é tão grande que tu nunca vais entender – sussurra ele quase tocando os lábios dela. Tão perto que eu mal pude ouvi-lo. A voz dele soou como um sibilo. Então ele a solta e ela se ajoelha.

– Não vá embora – implora ela. – Por favor, não vá embora.

Ainda não tive a oportunidade de implorar a Peter. Ele não me deu essa oportunidade. Seth cospe no chão.

Casper os interrompe.

Como é que ele teve coragem? Agora que estava ficando bom.

Tudo fica em suspenso. Ficamos presos neste momento de perda para o casal no palco.

E então Seth se desintegra. O rosto dele se metamorfoseia de volta a si mesmo ou para fora de si mesmo, ou algo sobrenatural, pois eu juro que ele não era Seth ainda agorinha.

– Obrigado mesmo pela oportunidade – diz ele a Casper.

Merda. Não agradeci a ninguém.

– Sim. Próximo, por favor – rosna Casper.

Seth encolhe os ombros e logo junta as suas coisas. A Dama de Fogo verifica o número de telefone dele também, e de novo estamos na rua. Ele está uivando para o ar.

– Aquilo foi incrível! – ele berra e dá risada e se engancha em mim para girar ao meu redor. – Vamos correr!

– Correr?

– Sim! Vamos correr! Nunca correu numa calçada de Nova York lotada? Não tem coisa melhor!

Não tenho tempo para pensar, tempo para questionar, tempo para duvidar. Estamos correndo. Correndo rumo a alguma coisa.

A qualquer coisa.

A coisa nenhuma.

A todas as coisas.

O mundo que nos rodeia desfoca em riscos cinzentos e luzes enquanto corremos. A cidade flutua no laranja azul-escuro do crepúsculo. Quando Seth estaca de supetão, eu literalmente corro direto a seus braços. A cena parece ter saído de um filme, de uma peça ou de um sonho.

Encaro o rosto dele. Consigo ver sua respiração. Mesmo se eu quisesse, eu não seria capaz de me separar de seu abraço. Estamos apenas aqui, deixando a cidade vaporizada ao nosso redor solidificar em construções e calçadas e árvores congeladas.

– Eu *não* vou beijar você – diz ele, e a voz dele é toda respiração e gelo.

– Certo – eu digo.

– Sem protestos?

Nem sei como protestar. Nem sei direito onde estou. Nem sei se sou feita de carne e osso ou de ar ou de poeira.

Aninho minha cabeça no peito dele e respiro fundo. Sabonete de limão. Amaciante. Fumaça.

– Tenho que ir para casa – eu digo.

Ele não protesta. Talvez ele também tenha se esquecido de como protestar.

Andamos até o trem sem encostar um no outro, embora seria muito natural se andássemos de mãos dadas. Estou tentando me lembrar qual a sensação das mãos de Peter. Tenho certeza de que ele segurou a minha mão a caminho da clínica. Não segurou? Nem me lembro direito.

Eu olho para Seth, que também parece estar imerso em pensamentos. O ar paira pesadamente ao nosso redor.

Na entrada da estação, ele pega minhas duas mãos e diz com um meio sorriso:

– Vou te ligar. Certo?

Eu faço que sim com a cabeça e digo *certo*.

– Bom.

– Vou gostar disso.

– Bom.

– Vamos descobrir amanhã.

– Sim, vamos.

– Tchau, Seth. – Ele me solta. – Muito obrigada.

– Você fez por merecer.

Ele me atira um beijo, e eu desço as escadas. Quando eu chego ao fundo e olho de volta para a luz do mundo exterior, ele já foi embora.

ATO II

Cena 5

(Esta cena acontece numa igreja. Ao abrir das cortinas, PETER e GENESIS acompanham o SR. e a SRA. SAGE e JIMMY por uma das alas, mas a uma boa distância.)

PETER

Você não era obrigada a vir.

GENESIS

Eu quis vir.

PETER

Significa muito para minha mãe.

GENESIS

Significa muito para você?

PETER

Sim.

GENESIS

É isso que me importa.

PETER

Ela não é tão ruim, sabe.

GENESIS

Sei disso.

PETER

Dê tempo ao tempo. Ela vai aceitar você.

> (Os dois se sentam. Pegam os hinários. Começa a música e o coro canta. GENESIS observa PETER cantando junto. Os olhos dela ficam rasos d'água e ele pega a mão dela.)

VOZ DO PASTOR

Deus me conceda a serenidade
Para aceitar as coisas que não posso mudar;
Coragem para mudar as coisas que eu posso mudar;
E sabedoria para saber a diferença.

> (Blecaute.)

Talvez ocorra um período de paralisia emocional

Desço do metrô e embarco no ônibus. No trajeto para casa, toda a euforia pós-audição sofre uma reviravolta e sinto um nó no estômago. Não sou a pessoa que eu disse que eu era. Se ficarem sabendo da minha idade verdadeira, vão pensar que sou apenas uma pirralha? Não me levarão a sério? Não me sentia uma pirralha há um bom tempo. Não me sentia uma pirralha desde a morte de meu pai. Antes disso, na verdade. Quando ele sumia e a minha mãe precisava que eu *não* agisse como pirralha. Ela não sabia o que fazer com pirralhas. Ally era a pirralha. Eu estava numa idade de limbo. Era eu quem fazia as compras no mercado e trazia nossa comida para casa no carrinho da vovó. Era eu quem lavava as nossas roupas e os nossos lençóis e conferia se mamãe estava tomando seus medicamentos.

Sempre estive naquele limbo. Mas eu não conseguia tomar conta da minha mãe e de outra pirralha. E quando a minha mãe foi parar no hospital naquele dia e tivemos que garantir a todos que ela não havia tentado se matar, que os médicos lhe deram uma combinação ruim, que nenhum coração teria aguentado os remédios daquela receita, bem, nós simplesmente estávamos muito fragmentadas para manter a Ally conosco por mais tempo. Meus avós a levaram. E continuei lavando as nossas meias e assinando os cheques para as companhias de luz e de gás.

Ela não tentou se matar.

A vovó insistiu nessa tese.

Não quero ir para casa. Ir para casa é andar para trás. Se eu não permanecer na crista dessa onda, tenho medo de afundar até as entranhas do oceano.

Sei que a coisa certa a fazer seria enviar uma mensagem de texto a todo mundo e avisá-los de que estou a caminho. Mas algo me impede de sequer puxar meu celular para fora da bolsa. Para a sra. Karen, isso vai dar pano para manga. Mais autojustificação. Mais desinteresse. Mas que tal apenas agarrar-nos ao que nos faz sentir bem? Que tal seguir em frente com todo o seu ímpeto?

Por que me despedi de Seth? Foi mesmo anteontem que nos conhecemos? A impressão é a de que isso aconteceu há anos, oceanos, universos. Talvez seja por isso que eu não me lembro.

E súbito: uma imagem. Vomitando. Vomitando vodca como uma fonte para fora da janela dele e rindo tanto e empurrando a pilha de roupas de cima da cama e caindo nela com ele e me enroscando nele.

É a fatia da noite que de alguma forma desencavei da meleca escura de meu cérebro.

Eu me agarro a essa memória e brinco com ela por um minuto. Eu a sinto profundamente.

E daí eu me lembro de outra coisa. Alívio. Conforto. Algo inexplicável e indefinível. Algo lúdico e sonhador.

Não posso fazer isso. Não posso fazer isso. Não posso cair nessa. Não posso cair em algo quando estou tão perdida, ou pelo menos acho que deveria estar perdida. Eu supostamente deveria cair aos pés de Peter e implorar a ele para reatar comigo. Era isso que eu queria poucas horas atrás. Não era?

Não andávamos de mãos dadas?

Em que ponto da linha do tempo eu realmente o perdi?

Estou no Walmart de novo como eu estava há poucos dias. Estou atrasada e ainda não enviei uma mensagem e tenho uma bela e longa caminhada pela frente até chegar em casa. Eu abaixo a cabeça e sigo adiante. Se o mundo em Nova York parecia feito de vapor, este parece ser de pedra.

ATO II

Cena 6

> (Esta cena acontece na escola de Ensino Médio, num corredor lotado. Alunos cochicham e apontam para GENESIS enquanto ela passa por todos eles. A atmosfera é onírica e a ação, coreografada com a música. Ela fica cada vez mais confusa e mais assustada, e isso fica estampado em seu rosto. Até que ela se encontra com PETER. Os dois se dão as mãos.)

GENESIS

O que é isto? Onde estou?

PETER

Eles sabem, Genesis. Alguém contou.

GENESIS

Sobre o quê?

PETER

Seu pai.

GENESIS

O que é que eles têm a ver com isso?

PETER

As pessoas gostam de fofocas. Tente ignorá-las.

GENESIS

Elas não estão facilitando.

PETER

Estou ao seu lado.

GENESIS

Como diabos eles descobriram? Você disse a alguém?

PETER

Não. Eu jamais faria uma coisa dessas.

GENESIS

Não?

PETER

Você sabe disso.

GENESIS

Pouca gente sabia. Isso não faz sentido algum.

> (O enxame em torno deles cresce de novo, a música vai subindo, até que os dois já não estejam mais no palco.)
> (Corte abrupto na música com blecaute.)

Permita-se um tempo extra em casa para descansar

Esta peça teatral acontece numa casa. Uma casa cheia de gente esperando por você. Uma casa cheia de gente à espera, embora geralmente ela não seja assim. Essa casa cheia de gente poderia estar preocupada, poderia estar zangada, poderia estar cansada do seu egoísmo.

Num dia normal, você não teria ido à cidade de Nova York e se deixado levar pelo turbilhão de outra pessoa.

Num dia normal, você ficaria em casa para cuidar de sua mãe e conferir se ela está funcionando como um ser humano.

Tá legal, e por "você", quero dizer "eu". Tenho que assumir alguma responsabilidade aqui. Tenho que aceitar as coisas que não consigo mudar, ou seja lá qual for o tema daquela oração que ouvi na igreja. A Oração da Serenidade.

Eis-me aqui, Genesis Johnson, a estrela serena de meu próprio drama ferrado, e todos estão esperando a minha entrada no palco.

Eu deixei de entrar na hora certa, então eles tiveram que improvisar. Isto é o que NÃO vai acontecer:

Vó: Genesis, como é bom te ver! Você parece tão feliz e saudável!

Mãe: Genesis, estou me sentindo tão bem! Agora a sua irmã pode voltar para casa e morar com a gente!

Ally: Genesis, você é a melhor irmã mais velha do mundo!

Ok, essa peça teatral nunca existiu mesmo. Mas não sei o que me espera lá dentro. Não acho que vou ficar de castigo ou algo assim, mas deixar a minha mãe sozinha com os pais dela por tanto tempo é realmente um feixe de bananas de dinamite com o pavio aceso.

Não consigo enxergar através das janelas foscas da minha casa. A luz laranja da varanda pisca como se avisasse: proceda com cuidado.

Eu abro a porta da frente. Não está chaveada. Eu meio que espero ser varrida por um tornado ou ser engolfada por uma inundação. Tarde demais para salvar alguém além de mim!

Ou talvez seja uma casa cheia de esculturas de gelo, cada qual em uma pose irritada, eternamente prestes a bater os pés de impaciência.

Mas, em vez disso, música? E risadas? E aconchego?

Elenco:

Vó Pauline

Vô Joe

Irmã Ally

Mãe Mary (sim, eu sei)

Sentados à mesa da cozinha, cada um segurando um punhado de cartas. O balcão está coberto de recipientes vazios de comida chinesa, e a pia está cheia de pratos. Minha mãe e meu avô têm taças cheias de vinho.

Parece uma família.

E de alguma forma, essa é a imagem mais chocante do que qualquer outra que a minha imaginação pudesse ter produzido.

Na verdade, eles nem notam que entrei, e observo Ally fazer uma jogada que provoca reações. Minha mãe larga a mão de cartas na mesa e minha avó descabela Ally carinhosamente. Balançando-se, ela recua e daí nota a minha presença.

– Gen! – grita ela correndo em minha direção.

E súbito as coisas mudam, tensionadas.

– Ora, ora, olha quem finalmente nos deu o ar de sua graça – diz a minha vó.

– Gentileza sua aparecer em sua própria festa – completa o meu avô.

Eu olho para minha mãe, cujo sorriso murchou, e tenho aquela velha sensação de que eu sou a fonte da tristeza dela.

Tudo teria sido diferente sem mim.

Mas ela se levanta e compartilha o nosso abraço.

Estou abraçando as duas, minha mãe e minha irmã.

E não tem sensação melhor no mundo.

Penso em Peter. Em como ele ficaria de castigo por um comportamento como este, e de certo modo, em minha realidade alternativa, isso acaba unindo a minha família.

O fato de eu não estar aqui para moderar poderia ter causado explosões, mas de alguma forma isso não aconteceu.

– A sua mãe me convenceu de não ligar para a polícia – explica a minha vó.

– A polícia?

– Você está duas horas atrasada e seu telefone cai direto na caixa postal. Sim, a polícia.

– Uma pessoa tem que estar desaparecida por quarenta e oito horas para que a polícia faça alguma coisa – diz a minha irmã.

– Sim, Ally.

– Eu já apostava que você tinha sido sequestrada e obrigada sob a mira de uma arma a fazer aquela ligação para nós, convidando a gente para alguma situação louca e perigosa – conta ela.

– Você anda assistindo a muitas séries policiais – comenta a vovó.

– Eu assisto a programas de investigação forense.

– Nossa pequena cientista.

Que peça teatral mais esquisita.

– É por isso que eu sempre uso *glitter*.

Olho para Ally e vejo que as pálpebras dela estão, de fato, cobertas de *glitter*.

– Desisti dessa luta – diz a vovó. – Ela está tentando se expressar. Foi o que me disseram.

– Não entendi – eu atalho.

– Bem – explica Ally –, se um dia eu for vítima de um crime, o brilho do *glitter* vai passar para o criminoso e se tornar um vestígio. E talvez ele não seja tão cuidadoso para limpá-lo quanto seria, digamos, com sangue.

– Ally! – exclama a minha mãe.

– Ah, sim, é isso que temos em nossas mãos ultimamente.

– Está falando essas coisas só porque agora você mora na cidade grande? Está com medo? – indaga a minha mãe.

– Não. O *glitter* é simplesmente um charme, não acham?

Ela dá uma pirueta e me dá vontade de rir, mas também odeio que ela possa sentir medo.

– Ninguém vai machucar você – garante a minha avó.

Ninguém vai nos machucar. É o conselho mais patético que os adultos podem dar. Tem tanta coisa que vai nos machucar; o que importa é como cuidamos de nós mesmos após isso acontecer. Os cuidados pós-procedimento. Não posso contar a Ally todo o sofrimento que passei nas últimas 72 horas, mas sei que ela conhece a mesma dor profunda e brutal que eu conheço, a dor que deixou a cicatriz feia e enrugada. Temos o mesmo ferimento.

Eu até fico encantada ao ver que o seu mecanismo de defesa é o *glitter*. Talvez eu devesse investir em um pouco de *glitter* para que ninguém pudesse me machucar. Ou se o fizessem, pelo menos seriam apanhados.

– Olha só a Gen. Pegou um pouco no abraço. Vire o rosto.

Eu viro e acho que o vestígio do *glitter* capta a luz.

– Agora ela está marcada.

– Tudo bem, pequena detetive, por que não descobre onde sua irmã esteve nas últimas duas horas?

Ally puxa um bloquinho do bolso de trás. Harriet, a espiã, em pessoa.

– Fato: Genesis retornou à cena do crime às 21h. Com duas horas de atraso.

– Cena do crime?

– Bem, só um modo de falar.

Modo de falar? Quando minha irmã caçula cresceu?

– Fato: a pessoa desaparecida estava incomunicável.

Existe esta palavra? Ninguém lhe responde.

– Incomunicável.

– Estou sendo julgada? – é a minha resposta.

– Você não está sendo julgada – emenda a minha mãe. – Já expliquei para a minha mãe que aqui nesta casa agimos com base na confiança mútua.

– E não com base na simples cortesia, ao que parece.

Ai, não. Lá vamos nós, largando as minas terrestres. Será que alguém vai pisar em uma? Eis a questão.

– Sinto muito. De verdade. Perdi a noção do tempo. Foi só isso.
– Por onde você andou?
– Sem julgamento – diz a minha mãe.
Mas, assim mesmo, começa uma bateria de perguntas:
Onde você estava? Por que não ligou?
Por que nos convidou se não estaria aqui? E agora, como está lidando com a vida em casa?
E de repente:
Está usando drogas?
Um risco no disco.
– Me desculpe, o que a senhora perguntou?
Eu olho para Ally, que praticamente está comendo a mão dela de tanto que está roendo as unhas.
– Levando em conta a história do seu pai, sou obrigada a perguntar. Estamos preocupados com seu comportamento errático.
– Comportamento errático?
– Acha que a escola não nos liga quando você se mete em apuros?
Nunca tinha pensado nisso, para ser honesta. Não costumo estar em apuros. E além de contar a meus avós as notas que tirei em meu boletim, não sabia que eles estavam informados sobre o dia a dia.
– E a cobrança do cartão de crédito na rodoviária de Nova Jersey? Em dois dias seguidos? Para onde você estava indo?
O julgamento continua.
– Sabia que ela foi suspensa, Mary?
Minha mãe não responde. Ela arranha os braços e olha para a porta que leva ao mundo lá fora.
– Agora vemos que deveríamos ter lhe perguntado antes, Mary.
– Perguntado o quê? – minha mãe pergunta à mãe dela.
– Se você estava usando drogas. Sabíamos que ele estava. Suspeitávamos de que você também estava. Deveríamos ter ajudado.
– Vou para a cama.
Não conheço essas histórias. Nunca me contam nada. Tive que descobrir tudo sozinha. Tenho a sensação de que estou gritando embaixo d'água há anos nesta casa. Por que a minha mãe está acordando agora?

Quero gritar com ela para não ir para a cama, agora que ela enfim está aqui, de corpo e alma. Que tal se ela ficar aqui? Que tal se ficarmos com Ally? O que podemos fazer agora? Não vá se esconder. Não vá para a cama.

Mas quem sou eu para falar? Eu poderia ter vindo para casa duas horas mais cedo.

– Tudo bem. Estamos indo.

– Estamos? – indaga Ally.

– Sim.

– Por que papai não pediu ajuda a alguém? – quer saber Ally. – Por que ele foi tão egoísta?

Me dá vontade de sacudi-la. Me dá vontade de arrancá-la dos avós e de tudo que eles possam estar falando para ela. Qualquer imagem distorcida que possam estar pintando dele. Quero que ela se lembre das viagens pela rodovia até Maryland e dos cavalos na praia. Quero que ela se lembre de que ele sempre tinha um cigarro enfiado atrás da orelha, mas nunca o vimos fumando. Quero que ela se lembre de suas peças teatrais. Quero que ela se lembre das canções que entoávamos juntos, como *Who Put the Bomp?* e *The Purple People Eater*. E não de que ele era um drogado que deixou a família numa fuga espetacular.

– Ele bem que tentou, querida – explica minha mãe. – Às vezes, ninguém escuta.

Não quero que ela só pense em como era quando ele ia embora e não sabíamos quando ele estaria de volta. Embora, é claro, ela sempre vá se lembrar de quando ele se foi para jamais voltar.

– A gente podia ter escutado, certo? Por que não fomos suficientes?

– Nós fomos, meu bem.

Os avós e Ally saem pela direita do palco. Mamãe e eu ficamos sentadas, em silêncio. Esperando alguém escrever a próxima cena.

A campainha soa.

Nós duas nos entreolhamos. Será que eles voltaram?

Quando abro a porta, me deparo com a minha ex-melhor amiga. A pessoa que roubou meu namorado. VANESSA.

ATO II

Cena 7

(Esta cena acontece na sala da orientadora escolar, a sra. Karen.)

SRA. KAREN

Quer dizer que você não tem nada, absolutamente nada, para falar comigo hoje?

(GENESIS meneia a cabeça).

Ninguém tratando você de modo estranho? Nenhum comportamento esquisito?

(GENESIS balança a cabeça de novo.)

Não sei por que você está me ignorando hoje.

(Sem resposta.)

Tá legal, hoje não vamos conversar.

(Sem resposta. A sra. Karen se levanta e fica andando para lá e para cá enquanto fala. Genesis permanece imóvel e calada.)

Vou contar a você o que eu sei. Tudo bem se eu fizer isso?

(Sem resposta.)

Sei que você não me contou tudo antes.

(Sem resposta.)

Sei que não sou surda.
Sei que as pessoas estão falando sobre você.
Sei que, quando uma pessoa é o centro de todo esse diz-que-diz-que, é doloroso, e sei que não é sua culpa.

(GENESIS vira o rosto.)

Sei que você amava muito seu pai, e não importa como ele morreu, o que importa é que ele não está mais com você.
Sei que perder um pai é uma das coisas mais difíceis que uma pessoa enfrenta.
Sei que as pessoas falam antes de saber a história completa. Sei que elas nunca saberão como você se sente.
Sei que o consumo de drogas é bem mais comum nesta comunidade do que as pessoas falam.
Sei que você não é a única pessoa nesta escola que teve de lidar com esse tipo de coisa.
Sei que o uso de heroína em particular pode ser um daqueles vícios secretos, silenciosos.
Sei que existe muito mais gente usando esta droga do que conseguimos monitorar.
Sei que não era sua responsabilidade monitorá-lo, Genesis.
Você me ouviu? Não era.

GENESIS

Se está sabendo de tantas coisas, a senhora sabe quem foi que contou?

SRA. KAREN

Eu sei.

GENESIS

Sabe?

SRA. KAREN

A pessoa que me contou pediu segredo.

GENESIS

Bem, obviamente não é mais segredo, pois a escola inteira está falando sobre mim. Eu não sabia que isso acontecia mesmo. Sempre achei que as pessoas estavam sendo dramáticas quando diziam "a escola inteira está falando de mim". Mas essa porra é bem possível. Quem foi que contou?

SRA. KAREN

Sei que não vai mudar nada se você ficar sabendo a resposta dessa pergunta.

GENESIS

Tá de brincadeira? Vai mudar tudo!

SRA. KAREN

Estou contente que agora você esteja falando comigo.

GENESIS

Diga-me, por favor, que não foi Peter.

SRA. KAREN

Quer comentar sobre o seu relacionamento com Peter?

GENESIS

Não.

SRA. KAREN

Tem algum motivo para acreditar que Peter divulgaria esse tipo de informação?

GENESIS

Não.

SRA. KAREN

A pessoa que contou só estava preocupada com você.

GENESIS

Besteira.

SRA. KAREN

Genesis.

GENESIS

É. Seja lá quem foi que contou, ela não estava preocupada comigo. Caso contrário, teria ficado de bico calado.

SRA. KAREN

Por que você mesma não me contou?

GENESIS

Porque não é da sua conta.

SRA. KAREN

Genesis.

GENESIS

Quem foi?

SRA. KAREN

Acho que essa informação não vai ajudar em nada.

GENESIS

Isso está me MATANDO.

SRA. KAREN

Quem você acha que foi?

GENESIS

Vai me dizer se eu acertar?

SRA. KAREN

(Suspirando)

Vamos em frente, Genesis.

GENESIS

Peter?

SRA. KAREN

Você falou que achava que não era ele.

GENESIS

Alguém da minha família?

SRA. KAREN

Vamos nos concentrar no problema real aqui.

GENESIS

Foi Will?

SRA. KAREN

Will Fontaine sabia?

GENESIS

A mãe dele é muito amiga da minha. Por que respondeu desta vez?

SRA. KAREN

Não respondi.

GENESIS

Vanessa?

SRA. KAREN

Genesis, é melhor você se acalmar. É melhor você redirecionar essa energia.

GENESIS

Só podia ter sido a Vanessa. Nunca vou perdoá-la por isso.

(GENESIS sai correndo da sala, deixando a SRA. KAREN praticamente girando em sua cadeira.)

(Blecaute.)

Está sentindo algum remorso

– O que é que você está fazendo aqui?

Agora é minha vez de fazer perguntas. De acusar. Estou assumindo o controle do roteiro.

À exceção de que não sei direito o que eu quero perguntar a Vanessa. Lá se vai um tempão desde a última vez que nos falamos de verdade. Eu saio para a varanda e fecho a porta atrás de nós. Sinto a umidade escorrer para dentro de minhas meias.

– Eu fui uma grande fdp no banheiro – confessa ela.

Tudo bem, ela pode começar.

– Eu queria que você pensasse que eu estava com Peter. Eu admito.

Eu me encolho quando escuto o nome dele nos lábios dela.

– Não sei onde as coisas deram errado para nós.

Por que Vanessa está falando o que eu gostaria que Peter dissesse para mim?

– Dá para notar que você está chateada. Será que podemos falar nisso? Em tudo o que aconteceu? Sei que você tem outras coisas para desabafar. Eu perdoo você por me agredir.

Continuo sem saber o que dizer.

– Acho que é assim que vocês lidam com as coisas aqui nesta casa, certo? Guardam tudo para si?

– Por que está falando isso?

– Ela fala! – exclama Vanessa.

Eu cerro os punhos com tanta força que eles formigam. Apenas balanço a cabeça para ela e tento pensar no frio. E no vento soprando ao redor dela na varanda.

– Vanessa, é melhor você ir embora.

– Sim, eu não devia ter vindo. Não sei o que dizer a você. Está na cara que você me odeia. Eu não entendo.

– Ah, você não entende? – eu vocifero na cara dela. – Não entende por que eu talvez não queira ser amiga de alguém que sistematicamente desmantelou nossa amizade para que pudesse colocar as mãos em meu namorado? Não era esse o seu plano quando contou a todos sobre o meu pai?

– Do que é que você está falando?

– Agora eu descobri. Eu descobri por que foi que você contou.

– Não estou entendendo nada.

– Você contou sobre a overdose de meu pai para que a sra. Sage não aprovasse o nosso relacionamento. Assim, ela teria algo real para se apegar. Uma razão verdadeira para me odiar. Ela nunca deixaria o filho dela namorar uma garota que vem de uma família como a minha, certo? A maneira perfeita de nos separar.

– Quer prestar um pingo de atenção em mim?

– Como?

– Ele não me quer. Nunca quis. E nunca vai querer. Por muito tempo, eu odiei você. Por ter me roubado a única coisa que eu queria. A única coisa de que sou culpada é de sentir ciúmes. E o que eu fiz hoje foi uma estupidez. Queria que você soubesse como eu me senti quando descobri tudo sobre vocês. Lembra-se disso? Na biblioteca? Meu coração explodiu naquele dia. E você sabia. Você sabia.

Lágrimas escorrem no rosto de Vanessa. Ela continua:

– Eu não desmantelei a nossa amizade, Genesis! Foi você quem me descartou quando Rose apareceu. E, Genesis, eu contei porque estava preocupada com você. Contei porque me perguntaram o motivo de você estar faltando a tantas aulas. O pessoal da escola me chamou. Agiram como se já soubessem. Eu estava apavorada. E eu estava apavorada principalmente por você. É isso.

Eu fico em silêncio.

A gente se entreolha, ou olha para o espaço entre nós, não tenho bem certeza, e eu digo:

– Por que você disse que nunca daríamos certo mesmo?

– Você e Peter?

– Óbvio.

– Acha que vão dar certo?

Antes eu achava. Achava mesmo que daríamos certo. Nunca pensei em estar ao lado de alguém, a não ser com ele.

– Você sabe que ele te ama.

Eu sei? Amor significa desaparecer?

– Ele não pulou para outro relacionamento. Comigo. Nem com ninguém! Ele anda confuso ultimamente. E meio perdido. Coisa que não é do feitio de Peter.

– Sabe por que terminamos?

Não tenho a mínima ideia de por que estou perguntando isso agora. Exceto como uma esperança de aliviar um pouco. A pressão. E tudo o mais.

– Quer dizer, parece que vocês dois só foram se distanciando.

Eu balanço a cabeça.

– Foi algo mais?

– Foi.

– Quer me contar?

Eu balanço a cabeça. Mas de certa forma eu quero. Mas sei que não posso. Não seria justo com ele.

– Não precisa. Mas pode.

Ela toca em meu ombro, e eu abaixo o olhar para nossos pés.

– Foi por isso mesmo que você contou?

Ela abaixa a mão e se vira para ir embora sem responder. Eu cruzo os braços e observo enquanto Vanessa se afasta.

Quando entro em casa, minha mãe está no sofá da sala.

– Tudo bem, mãe?

Ela abre o seu sorriso mais triste. Um sorriso que significa tanta coisa. Ela é mestre no sorriso triste.

– Você tem que lidar com tantos problemas, Gen.

– Até que me saio bem, não é?

– Bem até demais, querida. Você não precisa de mim.

– Não gosto quando você fala desse jeito.

– É verdade. Você sabe cuidar de si mesma perfeitamente desde... – E ela volta a grudar o sorriso triste no rosto em vez de acabar a frase.

– Vai me falar se precisar de alguma coisa, mãe?

– Você não devia perguntar isso para mim. Eu é que deveria estar te perguntando.

Sonhei com essa conversa. Juro que sonhei. Juro que tive o sonho com a minha mãe falando exatamente isso, e de repente meu pai reaparece e Ally está aqui, e estamos funcionando como uma maldita família normal, com sorrisos reais oriundos do amor e não da dor.

E sou obrigada a perguntar a ela:

– Você alguma vez... sente a presença dele? Tipo, sente que ele está aqui?

Os olhos dela se enchem de lágrimas, e ela abaixa a cabeça.

Escuto sua respiração ofegante.

Ela não responde.

Eu me viro para sair, mas depois me aproximo. Dou um beijo em sua testa e sinto o cheirinho da junção entre os cabelos e a pele. Loção facial com filtro solar da Olay e xampu e condicionador dois em um da Pantene. Ela cheira a essas duas coisas desde que me conheço por gente. Sei identificar essas fragrâncias num teste cego de odores, com certeza.

– Um dia as coisas vão ser normais, certo? – eu pergunto a ela.

– Estou me esforçando para isso.

Sinto vontade de chorar, mas só faço um aceno positivo com a cabeça e vou para o meu quarto.

Envio um texto a Rose para contar a ela sobre a Vanessa. Ela me liga imediatamente, mas eu deixo cair na caixa postal.

Eu: *Podemos falar amanhã de manhã?*

Rose: *Sim. Eu passo aí.*

Eu: *Ótimo.*

Rose: *Tudo bem contigo?*

Todo mundo sempre quer saber se eu estou bem. Simplesmente não sei. Simplesmente não sei.

Mas de alguma forma o mundo continua girando. Girando, girando, girando.

ATO II

Cena 8

(Esta cena acontece no THUNDER CAFÉ, novamente. O foco é em GENESIS e ROSE numa cabine.)

ROSE

Não acredito! Não acredito! Você tirou a virgindade de Peter Sage! É um milagre terreno!

GENESIS

Shhhh! Rose! Cala a boca!

ROSE

Não consigo! Você simplesmente abalou a ordem moral do planeta até o âmago. Arrancou o indefeso Peter Sage do Jardim do Éden. Você é a Eva de Point Shelley. Você é...

GENESIS

Rose, por favor. Relaxe.

ROSE

Puta merda! Você também perdeu a virgindade!

GENESIS

Você quer ouvir os detalhes ou não?

(A garçonete traz batatas fritas e duas Coca-Colas.)

ROSE

Sim! Tim-tim por tim-tim!

GENESIS

Foi perfeito.

ROSE

Ai, meu Deus. Claro que foi.

GENESIS

Ele tem as chaves da casa de praia da família do Cal.

ROSE

Vou vomitar.

GENESIS

Velas e tudo o mais. Ficamos meio que brincando de casinha o fim de semana inteiro. Cozinhando e curtindo ao redor da lareira e, bem, você sabe...

ROSE

Fizeram isso mais de uma vez?

GENESIS

Um montão de vezes!

(As duas caem na risada.)

ROSE

Essa é minha garota.

(Pausa)

O que sua mãe fez todo o fim de semana?

GENESIS

A tia Kayla veio nos visitar.

(Elas comem.)

Eu amo ele, Rose.

ROSE

Sei que você o ama. Isso é bonito. Asqueroso também. Mas bonito.

GENESIS

Acho que vamos ficar juntos para sempre.

ROSE

Você acha isso porque é uma garota que passou o fim de semana inteiro transando. Vamos ver.

GENESIS

Vamos ver. Mas eu tive a sensação, sabe? De que aquela era a nossa casa no futuro. E que as coisas vão ser assim conosco.

ROSE

É a primeira vez que eu vejo você falando assim.

GENESIS

Queria que você também estivesse apaixonada.

ROSE

Quem, eu? Argh. Eu não preciso disso.

GENESIS

Todas nós precisamos.

ROSE

Eu já tenho você. Não preciso de um namorado.

GENESIS

Você também vai encontrar um.

ROSE

Vamos ver.

GENESIS

Vamos ver.

(WILL FONTAINE entra e cumprimenta as duas meninas ao passar. ROSE reage com nojo. GENESIS é amigável.)

(As luzes se esvaecem.)

Grupos de apoio estão disponíveis

O aroma de manteiga derretida flutua pela casa. Sei que não é a minha mãe com manteiga na frigideira, então só pode ser a Rose na cozinha. O que não deixa de ser um pouco assustador. Mas quando chego lá, vejo ovos e queijo e salada e pão na torradeira, prontos para serem prensados.

– Para que isso tudo?

Ela para de olhar uma receita no celular e se vira.

– Nem consegui dormir. Mal posso esperar para ouvir sobre a Vanessa.

– Então trouxe o café da manhã?

– Resolvi fazer uma *frittata*.

– Uma o quê?

– Uma *frittata*. É como uma quiche sem crosta.

Espio por cima do ombro dela e vejo uns fragmentos de casca de ovo na massa.

Eu meto o dedo para tirá-los.

– Você se esqueceu de algo.

– E ele pensou que poderia me ensinar a abrir um ovo com uma só mão.

– Ele?

Rose fica vermelha. Aproveito e limpo o pedaço de casca no nariz dela. Ela ameaça me golpear e eu me esquivo.

– Deixa eu te mostrar o que eu aprendi.

– Lembra-se da última vez que você preparou a nossa comida? Conseguiu queimar o mingau de aveia! Acho que vou começar a rezar.

– Peter ficaria orgulhoso.

E então eu deixo os ombros caírem.

– Me desculpe – ela diz, abandonando a gosma de ovos e apagando a chama no fogão. – Cedo demais.

Dou um passo para trás e me equilibro no balcão.

– Não esquenta. Tudo certo.

Esta é uma daquelas vezes em que "certo" não significa nada além de vamos mudar de assunto.

– Certo.

– Certo.

– Certo, pode me chamar de louca, mas não sei como usar a sua cafeteira.

– E quer preparar uma quiche sem crosta?

– Ei! Essa tecnologia é sofisticada.

Aciono a cafeteira e me sento à mesa da cozinha para assistir de camarote a Rose sofrendo para fazer a receita da *frittata*.

Rose pinça mais um pedaço da casca de seus ovos batidos.

– E aí, me conta. O que rolou com a Vanessa ontem à noite?

Lá vamos nós. E ainda não tem uma gota de cafeína no sangue dela.

– Curiosa.

Conto a ela sobre a conversa. Sobre como a Vanessa sabia do boato que os dois estavam juntos e, embora não fosse verdade, ela queria ver a minha reação. Depois sobre como ela contou para a escola sobre o meu pai e a situação em minha casa porque estava preocupada comigo. Não por nenhuma razão maldosa. Eu pulo a parte em que ela falou que eu a troquei pela Rose.

– E você acreditou nela?

– Acreditei. Acreditei mesmo. Quase contei a ela sobre o aborto também.

– Uau.

– Eu sei.

– Acha que ela quer reatar a amizade?

– Não tenho a mínima ideia.

– Mas eles não estão juntos.

– Não.

Rose serve o café em duas canecas.

– Ainda se sente enjoada?

Estou? Checagem corporal. Eu não estava sangrando quando fui ao banheiro, e, na verdade, me sinto relativamente normal. Talvez eu tenha superado. Talvez meu corpo tenha se recuperado muito rapidamente.

Agora falta o coração.

– Sente falta dele?

Dele. Sinto a falta dele. Sinto mesmo. Mesmo com alguém começando a preencher a lacuna, eu ainda me pergunto onde ele está e o que está fazendo.

– Sim.

Rose coloca sua omelete no forno e traz o café para a mesa. Sei que ela quer me perguntar sobre Seth. Ela graciosamente faz uns rodeios, mas posso ver a curiosidade saltando nos olhos dela. Eu imagino se vou escapar das perguntas. Eu imagino se posso escapulir para a cidade grande esta tarde sem contar a ela. Não que eu não vá contar, apenas não quero ainda. Não quero estourar essa bolha.

– Gen, o que você vai fazer hoje à noite?

Flagrada. Mas não quero contar a ela.

– Nada planejado.

– Legal.

– Legal, por quê?

– Talvez a gente possa sair juntas.

– É, talvez.

– Se eu não ficar ocupada demais – completa ela com uma piscadela.

– Que nojo. Posso lembrá-la de que você está falando de Will Fontaine?

– Ele vai me levar para andar de skate. Isso é muito ridículo e fofo.

– Você é.

Na mesma hora em que o temporizador do forno se apaga, Rose recebe um texto de Will dizendo que ele quer se encontrar com ela mais cedo. O olhar dela oscila entre o telefone, a *frittata*, eu e o telefone.

– Ah, Rose, vai logo.

– Mas e o café da manhã?

– Desde quando você come café da manhã?

– É verdade. – Ela reúne as coisas dela e depois se despede com um abraço. – Sério, talvez a gente possa sair todo mundo junto mais tarde.

— Sim, talvez – repito, sabendo que ela só está tentando ser legal. Ela será tragada ao mundo mágico de Will Fontaine, e a minha rota para a cidade grande (e Seth) estará limpa e desobstruída.

— Tchau, pombinha apaixonada.

— Quietinha – retruca ela e sai apressada porta afora.

Meu celular vibra.

Seth: *Resultados hoje!*

Todo esse vaivém para a metrópole está me deixando meio tonta. E o termo "resultados" soa tão médico. Ultimamente não apreciei muito nenhum dos resultados que descobri. Em especial as duas linhas cor de rosa. Mas esses são os resultados para uma audição. Ontem eu fiz um teste para uma peça teatral fora da Broadway. Não foi isso que aconteceu?

Seth: *Vamos nos encontrar mais cedo e ir juntos?*

Genesis: *Certo. Onde?*

Seth: *Cafeteria na esquina da Bowery com a Segunda Avenida. Me esqueci do nome. Quatro da tarde?*

Genesis: *Te vejo lá.*

Dou uma espiada no quarto da minha mãe. Ela está lendo.

— Tem uma *frittata* que a Rose fez e café no bule.

— Obrigada.

— E com você, tudo bem?

Minha mãe faz que sim com a cabeça.

— Te amo, Gen, Gen.

Fazia um tempão que ela não me chamava assim. A gente se entreolha, mas sei que a conversa não vai progredir além disso. Não vamos falar sobre ontem à noite. Não vamos falar sobre como terminei com meu namorado e fiz um aborto e um teste para uma peça teatral em Nova York. Não vou contar a ela que, às vezes, se a gente se abre um pouco, alguém pode nos surpreender, até mesmo garotos com cabelo desgrenhado e sorrisos gigantescos. Em vez disso, eu respondo apenas:

— Eu também te amo.

•••

No ônibus, do outro lado do corredor, um homem dorme com a boca aberta, segurando os óculos contra o peito. Dá para ver as obturações prateadas em seus dentes. Lá fora, no ar gelado, um fiozinho d'água escorre no vidro do ônibus superaquecido.

Eu quase escrevo uma mensagem a Delilah, mas simplesmente não consigo.

Chegamos a Port Authority e os náufragos do ônibus se levantam para desembarcar. Rose me disse que uma vez, quando ela foi a Porto Rico, todos aplaudiram ao descer. Essas pessoas cabisbaixas no ônibus do litoral de Nova Jersey não parecem muito empolgadas por chegar a Manhattan. Nenhuma comemoração.

Saio do terminal rodoviário de Port Authority e entro na estação do metrô. Chego à cafeteria sugerida por Seth às 15h37. Só um pouquinho mais cedo. O céu está nublado, um cobertor fresco e cinzento sobre a cidade. Hoje as pessoas parecem estar se mexendo superlentamente. Como se o ar fosse espesso e difícil de atravessar.

Peço chá preto com aroma de bergamota enquanto espero Seth. Acrescento leite e mel. O primeiro gole queima a minha língua, fazendo minha boca se contorcer. Deixo o chá esfriar e fico navegando no celular para passar o tempo. As mensagens de Delilah de quarta-feira começam com um singelo "cadê você?" e vão evoluindo até "ME RESPONDE, PORRA!".

Deixo o celular ao lado do chá ainda muito quente para beber. Quando eu era criança, meu pai dizia que um dia ele me levaria a Paris. Que eu ia me encantar com a comida e as pessoas e a música e o teatro subterrâneo. Esta palavra sempre me deixava confusa: "subterrâneo". Eu imaginava um grupo de pessoas que escavou o chão para criar mundos cheios de música e a pele de todas as pessoas ficou verde como se estivessem numa pintura de Toulouse-Lautrec.

Agora acho que estou a caminho de um teatro subterrâneo. Apesar de ser num bar no segundo piso.

Quinze e cinquenta e quatro. Um tilintar soa cada vez que a porta se abre, mas até agora nada de Seth. Fico me perguntando se ele está nervoso. Gostaria de saber o que vai acontecer se ele for escolhido e eu não. Ou o contrário. Tento imaginar como será vir para cá à noite com todas as pessoas subterrâneas verdes e fazer uma peça teatral com elas. Fico imaginando qual é o estilo de Casper como diretor. Gostaria de saber por que todo mundo diz que ele é tão doido se durante o teste ele mal falava. Só assistia das sombras. E dispensava as pessoas muito rapidamente. E provavelmente nem reparou em mim, porque sou apenas uma pirralha tentando entrar no mundo deles. Tentando encontrar o portal deles.

Dezesseis horas. Ao tilintar da porta surge a Dama de Fogo. Hoje ela veste puro azul-turquesa, não o puro cinza de ontem. O batom dela é magenta brilhante e ela entra no café como um guepardo. Eu me encolho em meu lugar porque não quero vê-la. Mas ela é um dos grandes felinos e me persegue imediatamente. Ela nem diz oi.

– Você estava no teste ontem.

Isso não foi uma pergunta. Então eu não falo nada. Mas acho que faço uma espécie de aceno. Miro os olhos dela que me parecem cor de violeta. Ela tem um leve sotaque germânico. Mas talvez seja apenas imaginação minha.

– Você vai conferir os resultados às dezessete horas.

De novo, não uma pergunta. E, de novo, esta palavra: resultados. Não consigo evitar a sensação de que os resultados vão revelar quantos meses me restam de vida.

Talvez de certa forma não seja tão diferente.

– O gato comeu a sua língua?

Não estou brincando. Ela realmente falou isso. Respondo meio engasgada:

– Não.

– Ótimo. Estou com a lista aqui, se você quiser dar uma olhada.

A porta tilinta outra vez. Eu ergo o olhar esperando Seth, mas não. Olho a hora no telefone: 16h07. Ele está atrasado.

E agora, a escolha. Olho ou não olho? Espero ou não espero para ver junto com Seth? Sou uma impostora. Eu nem deveria estar fazendo isso. Isso é coisa dele, não minha. Talvez ela pense que eu deveria olhar para me livrar do constrangimento de descobrir que não consegui na frente de todo mundo. E se eu olhasse a lista e fosse embora antes de ele chegar?

E se eu nem sequer a olhasse? E simplesmente fosse embora? Pulsar. Bombear. Respirar. A resposta está bem na minha frente. Seth está atrasado. Talvez não tenha problema olhar. Posso me preparar melhor para a reação dele. A resposta está bem ali na minha frente.

Mas estou presa.

Naufragada.

E por que o meu chá ainda está muito quente para beber?

– Não sei. Estou esperando alguém.

– Como queira – ela diz estalando a língua. – Genesis Johnson.

Ela se lembra de meu nome completo. Meu olhar vai pulando do meu chá para o papel na mão dela para a porta tilintante para o meu celular para o chá para o papel para a porta tilintante para o meu celular.

– Qual é sua idade hoje?

Merda. O que escrevi no meu formulário?

– Dezenove.

– Não faz tanto tempo assim.

– Como?

Ai, não. Será que coloquei os pés pelas mãos por ter mentido?

– Eu me lembro de você.

Bem, isso é positivo, mas a gente se viu ontem, então eu não esperava que ela tivesse se esquecido de mim.

– Estive no funeral – revela.

Me desculpe. Me desculpe. O quê? Eu só fui a um funeral em minha vida. Quando eu tinha quinze anos.

– Nunca me esqueço de um rosto – afirma ela para mim. – E eu fiquei te observando o dia inteiro aquela vez.

Muitos dos velhos amigos de meu pai compareceram. Eu fiquei na minha. Havia um abismo entre a família e os velhos amigos. Como se estivessem em lados opostos do campo de batalha.

– Isso é impossível.

– Nada é impossível, Genesis Johnson. Nada é coincidência.

Agora mesmo eu a acho parecida com o Fantasma do Natal Passado. Como se ela fosse me guiar pela aldeia e mostrar como era a vida de meus pais por aqui. Sem filhos.

— Conhecia meu pai?

Como é que eu pude aleatoriamente entrar nesse pedaço de seu mundo? Nesse pedaço de seu mundo secreto? Ele conhece esta mulher com o cabelo de brasa? Como? Tento olhar o interior dos braços dela. Para ver se ela também tem as marcas que ele tinha. Os hematomas e as picadas de agulha que eu nunca entendia. Mas ela está usando mangas longas.

— Me desculpa se eu te deixei confusa. Eu sabia que tinha que ser você ontem. Não sabia onde você estava? Quem *nós* éramos?

Eu balanço a cabeça.

— Não. Eu vim com meu amigo, Seth.

Devagarinho, ela faz que sim com a cabeça.

— Certo.

Ela só fala isso e se vira para sair. Quero pará-la, mas não sei por que motivo eu a faria parar. Respostas? Quanto mais você começa a investigar, mais perguntas inundam o seu caminho. E isso foi coincidência demais. Dá muito a impressão de que eu fui guiada a isso pelo meu pai e eu não acredito nesse tipo de coisa. Peter diria que é Deus? Ele tentou explicar Deus para mim e eu nunca entendi o conceito. Nunca o senti.

Dezesseis e vinte e três e ainda nada de Seth.

Talvez eu devesse ter olhado. Daí eu não teria que encarar aquela mulher de novo. Eu poderia apenas voltar para casa sem me preocupar com Seth e sem me preocupar com as bolas curvas que constantemente parece que estão me arremessando.

Tilintar.

Não é Seth.

Daí o meu celular vibra.

Seth: *Sinto muito! O trem L é uma droga. Desci agora. Encontro você no teatro?*

Tomo um gole do chá. Perfeito e cremoso.

Digito a resposta: *Te vejo lá.*

ATO II

Cena 9

>(Esta cena acontece no quarto de Peter. As luzes aumentam e mostram GENESIS e PETER na cama, embaixo das cobertas, mas nus.)

PETER

Um dia eu vou me casar com você, Genesis Johnson.

GENESIS

E me transformar numa mulher honesta?

PETER

Isso poderia ser difícil.

GENESIS

Ah, pare com isso.

PETER

Eu realmente te amo. Eu amo isto.

GENESIS

Fala isso porque estamos transando agora.

PETER

Não, estou falando sério. Nunca imaginei que poderia me sentir assim.

GENESIS

É exatamente a isso que me refiro.

>(Ele a empurra de brincadeira. Em seguida desfrutam de um momento de silêncio).

Você é minha garota eternidade.

GENESIS

O que isso significa?

PETER

Que eu tenho certeza de que vou te amar para sempre. Você vai se tornar a mesma coisa que a eternidade. Minha garota eternidade.

GENESIS

Isso é tão brega.

PETER

Mas você gosta.

GENESIS

Hum...

(Eles se beijam.)

PETER

Viu? Sem dúvida você é minha eternidade.

GENESIS

Isso é tempo demais.

PETER

Eu dou conta do recado.

GENESIS

A sua mãe gosta de mim, Peter?

PETER

De onde veio isso?

GENESIS

Não sei. Acho que estou me esforçando. Fui à igreja com vocês.

PETER

A minha mãe não é uma pessoa muito fácil.

GENESIS

Você que está me dizendo.

PETER

Ela só tem uma moral muito rígida.

GENESIS

Eu sou imoral?

PETER

Essa é uma palavra forte.

GENESIS

Ela imaginava alguém diferente para você?

PETER

Gen, eu amo a minha mãe, mas ela não pode escolher com quem vou ficar.

GENESIS

Ela sabe sobre o meu pai, isso é óbvio.

PETER

Sim.

GENESIS

E provavelmente ela acha que eu sou uma drogada ou coisa parecida.

PETER

Ela não acha que você é uma drogada.

(Pausa.)

Sabe que ela trabalha com viciados no Centro de Esperança Asbury Park? Como voluntária.

GENESIS

É mesmo?

PETER

Sim.

GENESIS

O que ela faz lá?

PETER

Recuperação com base na fé e nos cuidados.

GENESIS

Por que não me contou isso antes?

PETER

Não sei. Você nunca me perguntou.

(GENESIS avalia o assunto.)

PETER (CONTINUA)

Acredite ou não, ela só quer ajudar as pessoas.

GENESIS

Por que ela não trabalha?

PETER

Uma época ela trabalhava.

GENESIS

O que ela fazia?

PETER

Era enfermeira pediátrica.

GENESIS

Ah. Por que ela parou?

PETER

Porque ela teve filhos. E meu pai ganhava o suficiente para sustentar a família.

GENESIS

Ela sabe que estamos fazendo sexo?

PETER

Não.

GENESIS

Aposto que ela queria que você estivesse com uma moça parecida com a Vanessa.

PETER

Pare com isso, Gen.

GENESIS

O nosso relacionamento está ficando sério.

PETER

Uma eternidade é algo muito sério.

GENESIS

Estou falando sério.

PETER

Não se esqueça, você está corrompendo o primogênito dela.

GENESIS

Não estou fazendo nada que você não queira fazer.

PETER

Sei disso. E é isso que é o mais importante.

GENESIS

Não acredito que você me deixe corrompê-lo em sua própria casa.

PETER

A barra estava limpa.

>(Eles começam a se beijar. Som do portão da garagem. PETER salta da cama.)

PETER

Merda! Merdamerdamerda. Ela veio mais cedo para casa.

>(GENESIS junta as roupas dela. Ao menos, o que ela consegue encontrar.)

PETER

Depressa, Genesis. Isso é péssimo.

GENESIS

Estou me apressando. Estou indo o mais rápido que posso.

(Mas GENESIS não consegue achar a camiseta dela. PETER está surtando.)

SRA. SAGE

(Voz se aproximando.)

Peter? Está em casa?

(Semblantes em pânico.)

(Blecaute.)

Resultados

Sentado nos degraus metálicos pretos que levam ao bar, Seth me espera. Ele parece um bandido com o rosto envolto em um lenço xadrez e o cabelo saltado para fora. Ele se ergue quando me vê, e eu me encontro com ele no primeiro degrau. Fico pensando se devo abraçá-lo ou beijá-lo na bochecha ou sei lá.

Não faço nada.

– Ainda não publicaram a lista.

Ele aponta para a porta. Toby, o malandro, é o próximo a aparecer.

– Nervosa? – ele indaga.

Será que isso define esse sentimento? Nervosismo? Apenas encolho os ombros, e ele sorri. Minha boca tem gosto de mel.

A Dama de Fogo é a próxima a aparecer. Se é que ela não é mero fruto da minha imaginação. Seu olhar é tão intenso que eu consigo senti-lo em minhas órbitas oculares. Eu realmente acho que ela consegue ver as minhas partes mais profundas. Ela já me viu numa vida passada.

Seth olha para ela e então para mim como se ele estivesse tentando decifrar esse sinal entre nós, essa língua estrangeira.

Ela sobe um degrau e acende um cigarro fino.

– O que foi aquilo? – pergunta Seth.

– Como?

– O jeito que ela olhou para você? Parecia que vocês duas estavam presas num bizarro transe de percepção extrassensorial.

– Ah, eu me encontrei com ela na cafeteria.

– E daí?

Eu desço para a calçada.

– E ela perguntou se eu queria saber os resultados.

– E DAÍ?

Seth salta para me encontrar lá.

– Falei que não. Que era melhor esperar.

– Você é doida, garota.

Olhamos para cima e a vemos dando uma profunda tragada. Tem fumaça extra devido ao ar frio. Devagarinho, entre duas unhas afiadas, ela esmaga o cigarro sabor cereja, e a ponta acesa cai no degrau metálico. Em seguida ela puxa da bolsa aquela mesma folha de papel, fixa na porta com fita adesiva e entra.

Seth não hesita; ele corre para a porta. Eu não quero abrir caminho na multidão, por isso fico na retaguarda e espero. Só por um momento. Na descida, Toby ergue o polegar para cima. Não sei se isso é para ele ou para mim.

Seth saltita em minha direção, e eu tento ler o rosto dele.

– Não vai olhar?

O que diabos estou fazendo aqui? Gostaria de saber se dá para perceber que estou tremendo. A coisa mais louca é que eu nem de longe estava tão apavorada quando fui para a clínica. E acho que talvez eu deveria ter estado. Fatos: Peter não está aqui. Ele parou de entrar em contato. E estou tentando me abrir agora. Essa é a prova sólida de que eu tomei a decisão certa para mim. Seja como for, se ele pôde me abandonar tão fácil quando as coisas estavam difíceis, então como é que conseguiríamos criar um filho? Mas não é isso que importa agora. Agora eu tenho que colocar um pé diante do outro e ler a lista e ver se eu realmente vou dar uma guinada em minha vida. Se eu realmente posso seguir em frente sozinha.

Estou tentando controlar meus nervos, mas até o meu sangue está tremendo.

– Vai, Genesis. Não vai se decepcionar. Estou falando sério.

Subo os degraus e olho. O que eu enxergo é parecido com isto:

Gljlkjdsglkj
Lwkejt & GJGJGOJJOSOSJD by FJFJLSL Q Mandojsjdo
SkljdglikLskdgjel Wskjdlj
EgvjljlFljsdioncklskldfjklhncjskjgfkdjsglvk

GakjvnjenBlahblah BLAH

GjldkdkdkQtosofkslfjdkl;lsdk;flsdk;vldksv;kvmlkcxnm lkcxn-
lkvnsdlkvlkdjvlkdvslkdnvlknvkzsnvlsndvlknsdlknvlskdnvlksnd-
vkldnv mc,mneljivjv

Até que eu consigo focar meus olhos e entender as letras. E me deparo com isto:

Gwendolyn – Genesis Johnson

Quem é Gwendolyn? Acho que eu digo isso em voz alta. Talvez não. Puta merda.
Estou completamente selecionada para o elenco desta peça.
PUTA MERDA.
ESTOU COMPLETAMENTE SELECIONADA PARA O ELENCO DESTA PEÇA.
Não sei se eu deveria gritar de alegria ou explodir em lágrimas. Seth não espera que eu volte a descer os degraus. Ele corre para cima e me abraça.
E enquanto me esmaga, ele diz:
– Parabéns, Gwendolyn.
Não vi o nome dele lá. Mas não vi nada, até focalizar a visão.
– Você estava na lista? Conseguiu?
– Você está olhando para um estimado membro da trupe.
– Seth, viva! Conseguimos!
Conseguimos. Eu consegui. Mas como diabos eu vou fazer isso?
– Vamos comprar comida. Estou morrendo de fome! – exclama ele.
Estou sem fome alguma. Mas está legal. Leio a observação embaixo do elenco dizendo que a primeira leitura do script é segunda-feira à noite, às 19h30, no bar. A primeira leitura. Avisto a outra garota com cara de adolescente da audição. Ela se encolhe um pouco ao me ver e de repente fala comigo.
– Que papel você conseguiu?
– Gwendolyn.

— Sorte sua.
— E você?
Ela balança a cabeça.

• • •

Ainda não sei se eu grito ou se eu choro. Mas estou pronta para fazer tudo isso.

— Não consigo acreditar. Casper Maguire. O incrível Casper Maguire. Isso é tão fantástico.

Seth quebra uma bolacha em sua sopa de lentilha. Estou olhando para o meu sanduíche de queijo grelhado. Seth está falando e eu estou flutuando. Ainda não sei nada sobre Casper Maguire. Ainda não acredito no que a Dama de Fogo me disse. Eu costumava ficar imaginando como era a vida do meu pai aqui. Quando ele nos deixava, eu me sentia melhor imaginando esse lugar mágico. Agora, mergulhei nele. Agora, mergulhei fundo. Por um lado, é uma loucura agora ter a oportunidade de vislumbrar o que ele fazia aqui. Por outro lado, sejam lá quais fossem os seus interesses, isso o acabou matando, e o fato é esse.

Gostaria de saber se a Dama de Fogo conhece a minha mãe.

Eu realmente quero contar ao Peter. Só para ver a reação dele. Mas ele não merece saber.

— Obrigada, Seth.
— Você que fez o trabalho, minha amiga. Você deu o salto.
— Sério, estou realmente empolgada com isso.
— Prepare-se para uma loucura radical, amiga.
— Eu quero.
— Sim, você quer.
— Sim.

Quando acabamos de jantar, ele diz:
— Vamos comemorar.

Nesse instante em que nos erguemos para ir saindo do restaurante, meu telefone começa a tocar. Uma série de mensagens de texto. Rose. Uma após a outra. Tento não olhar, mas elas estão se acumulando em cima de mim.

SOS
Preciso de você
Venha aqui agora, por favor
Não acredito que sou tão idiota
Por que é que eu fui pensar que poderia sair com Will Fontaine? ELE É UM PERDEDOR MENTIROSO E TRAIDOR!

Estou recebendo tudo isso enquanto Seth está pagando a conta e depois chamando um táxi para nós.

Tão logo estamos no banco de trás, o telefone toca. Rose. Eu ignoro. Seth dá ao taxista o endereço dele, mas o motorista diz que não conhece o itinerário, então vamos ter que orientá-lo através do Brooklyn.

Rose fica ligando sem parar. Continuo rejeitando as chamadas, mas cada vez eu sinto que a estou apunhalando no coração.

– Parece que alguém quer mesmo entrar em contato com você.
– Sim.
– Pode atender. Eu não me importo.

Então eu atendo. Coisa que eu deveria ter feito logo.

– Cadê você?

Agora é a voz de Rose. Ao telefone. Uma voz abalada, mas exigente.

– Estou em Nova York.
– Em Nova York? Ah.
– Tudo bem com você?
– Não, eu não estou nada bem e preciso de minha melhor amiga.
– O que foi que houve?
– É o Will.
– O que foi que houve?
– Não posso confiar em ninguém, eu juro. Depois que você se entrega, eu juro que tudo muda.
– Ah, Rose.
– Preciso de você agora. Por favor. Não estou pedindo demais.

Olho para Seth, que está acompanhando toda essa interação. Não quero deixá-lo. Mas sei que vou precisar.

– Está com a Delilah?
– Não.

– Com quem então?
– Com ninguém.
– Mentira. É aquele cara, não é?
– Talvez.
– Deixa eu falar com ele.
– De jeito nenhum.
– Por favor. Só um pouquinho.

Eu devo estar completamente fora de mim porque eu passo o telefone ao Seth.

– Alô?... Oi, Rose... Mmmhmmm... Ah, é mesmo... Não, tá tranquilo!... Claro... Claro... Claro... Certo. Tchau.

Ele desliga o telefone e o devolve para mim.

– O quê? Ela não tinha mais nada para me dizer? – eu pergunto.
– Não, mas ela parece chateada. Você tem que ir.
– Eu sei.
– O que você quer fazer com este táxi?
– Eu queria que você viesse comigo.
– Quer mesmo?
– Sim.
– Então eu vou. Motorista, vamos a Point Shelley, Nova Jersey, por favor.
– Você está louco?
– Talvez.
– Não posso pagar isso.
– Vou colocar no meu cartão de crédito. Meu presente de parabéns para você.
– Que celebração.
– Talvez seja. Eu nunca fui a Point Shelley.
– Rose vai me matar.
– Essa é uma possibilidade.
– Vamos só até o terminal Port Authority.

O motorista do táxi está manobrando e tentando interromper nossa conversa.

– Com licença? Com licença? Para onde vocês vão? Não vou até Nova Jersey.

– Por favor, senhor. É uma emergência familiar. Temos que chegar lá o mais rápido possível.

Eles negociam o preço e eu fico ali sentada, suando em meu casaco de inverno. Eu não deveria aceitar esse gesto. É muita coisa. E será que Seth precisa ser exposto ao drama de Rose?

Apenas pare de pensar, Genesis. Deixa acontecer. Pois, até agora, desde que Peter se afastou, as coisas realmente não andam fazendo muito sentido.

Nos sentidos mais absurdos.

ATO II

Cena 10

>   (Esta cena acontece na casa de Genesis. Ouvimos soluços na escuridão. Ao acender das luzes, GENESIS e PETER entram na casa dela, rindo, brincando.)

PETER

E então o sr. Villarosa não pôde falar nada! Depois disso não teve mais discussão. Outra pequena vitória para o povo simples de Point Shelley High.

GENESIS

Peter?

PETER

Mas Mitch Jennings começou a ficar do lado dele...

GENESIS

Peter?

PETER

O quê?

GENESIS

Escutou algo?

>   (Os dois param. Sons de soluços abafados.)

GENESIS

Mãe?

PETER

Ela não está no trabalho?

>(GENESIS pergunta pela mãe dela enquanto sai de cena.)

GENESIS (DOS BASTIDORES)

Mãe? Você está aí?

>(Toc. Toc. Toc.)

Mãe, abre a porta.

>(O choro cessa. GENESIS gira a fechadura e bate de novo.)

Mãe, tem algo errado? Me deixa entrar, por favor. Me deixa entrar.

>(Enquanto isso, observamos a reação de PETER. Ele não parece preocupado, mas ligeiramente irritado, como se estivesse saturado de sempre lidar com isso.)

Mãe?

>(Blecaute.)

Quando estiver pronta, retome as atividades de sempre

A gente só repara em como é espaçoso o banco traseiro de um carro quando deseja estar mais perto da pessoa ao nosso lado. Quero recostar minha cabeça bem naquele espaço entre o pescoço e ombro de Seth e assistir às luzes cintilando através do rio. Esse espaço não é apenas um rio bem largo, mas um campo de força em que não consigo penetrar.

Mas então ele se esgueira e pega a minha mão. Como se aquele espaço não significasse nada. E por que deveria? Eu olho para as nossas mãos juntas e faíscas percorrem meu braço e todos os meus ossos. Nossos dedos se entrelaçam e o polegar dele acaricia a palma da minha mão, e eu quero afastar minha mão porque a sensação é tão boa, é boa demais.

– A viagem vai levar um tempinho, então é melhor ficarmos bem à vontade aqui, certo? – fala Seth e em seguida pede ao motorista para sintonizar na estação de rock clássico.

Nós dois ficamos olhando pela janela tudo passando velozmente. O único aroma que sinto agora é o de Seth. O cheiro me circunda e se impregna em mim. De amaciante e de menino. Cheiro de menino. Eu adoro. Quero comê-lo. E a música fica mais alta.

– *She seems to have an invisible touch, yeah* – ele entoa ao pé de meu ouvido.

– Genesis – eu digo.

– É você.

– Meus xarás – respondo com uma risada. – Conhece esta música?

– É claro.

Daí começamos a cantar juntos:

– *And now it seems I'm falling, falling for her...*

Meu pai costumava tocar essa música para mim. Outro sinal? Outro sinal de fumaça dos mundos do além? É coincidência. Eles tocam Genesis na estação de rock clássico o tempo todo.

Seth fecha seus olhos enquanto canta e dança com os punhos.

Eu absorvo toda essa energia através da epiderme.

Quando a canção termina, entra um comercial, e o motorista baixa o rádio.

– Qual é o melhor aniversário de que você se lembra? – dispara ele.

Não sei a resposta a essa pergunta, assim, na ponta da língua. Só pode ter sido antes da morte de meu pai. Depois disso, eu nem me lembro de ter comemorado.

– Meu primeiro aniversário.

– Você se lembra dele?

– Não, mas aposto que foi incrível.

– Está evitando a pergunta?

– Talvez. Por quê? Qual foi o seu?

– Quer saber?

Faço que sim com a cabeça.

– Acho que foi meu décimo oitavo aniversário.

– Esse é o meu próximo.

– Eu sei.

E então subitamente me dá um estalo. Rose não está tendo problemas com o Will. Isso é uma conspiração. Deve ter sido isso que eles discutiram no telefone e o motivo pelo qual estamos pegando um táxi até a casa da Rose.

Seth tenta conter um sorriso de mostrar os dentes. Ele se vira, mas é tarde demais. Eu entendo tudo.

– Você já é um ator profissional. É uma bela cara de paisagem – eu comento.

– Não sei do que você está falando.

– Como sabe que era o meu aniversário?

– Você me contou lá na minha casa!

– É mesmo. – Contei, sim. Estou sendo paranoica. Mas, falando sério, esse é o modo como Rose mexe os pauzinhos. Ela não está tendo uma crise. – Vamos ter uma festa surpresa, não é?

– Quer mesmo que eu conte?

– Claro que sim.

– Sim.

– Não acredito que você me contou!

– Você adivinhou!

Na real, nesse exato instante, não sei se eu fico lisonjeada ou furiosa.

– É preferível saber. Tudo bem.

– Tem certeza?

– Sim. Droga. Rose! Não acredito que não farejei isso antes. Imagino que tenha muita coisa rolando.

Seth não responde. Apenas olha para as suas próprias mãos entrelaçadas. Em que momento soltamos as nossas mãos? Eu achava que ainda estávamos de mãos dadas.

– O que aconteceu de tão legal em seu décimo oitavo aniversário? – eu pergunto.

– Foi a noite em que eu decidi morar em Nova York.

– Você não tomou essa decisão quando...?

– Sim.

Na noite em que descobriu que a namorada estava traindo ele.

– Isso aconteceu em seu aniversário?

– Sim, aconteceu.

– E esse foi o seu melhor?

– Bem, me trouxe até aqui, não trouxe?

Então estacionamos em frente à casa de Rose.

– Podemos voltar? Pode dar meia-volta e retornar ao Brooklyn? Eu pago a corrida.

– Vai me desculpar, Charlie. Rose parecia muito séria. E eu acho que esse pode ser o meu primeiro teste.

Será que a Delilah vai estar aqui? Não falo com ela desde a festa no Brooklyn. Mas seria estranho se ela nem aparecesse na minha festa de aniversário.

Penso na cara de Delilah quando ela invadiu o apartamento de Seth. Fico imaginando se ele ficou assustado.

– Seth, sobre a outra noite...

Ele leva a mão a meus lábios, e aquelas faíscas disparam de novo, mandíbula abaixo, garganta adentro.

– Mas eu quero pedir desculpas se alguém agiu como um psicopata ou...

Súbito, os lábios dele estão em minha boca. Ele está me beijando. Deixo-me cair no beijo como se ele fosse o lugar mais fácil de estar. Como se estivéssemos caindo através do assoalho do táxi e para o fundo da terra. Onde as pessoas são verdes e a música é o ar. Eu o beijo como se o motorista não estivesse no banco da frente, esperando o pagamento. Eu o beijo como se não houvesse uma casa cheia de gente esperando para gritar "Surpresa!". E daí, quando acho que posso simplesmente começar a derreter, delicadamente empurro o peito dele e me afasto devagar. Nós dois ficamos ali sentados um tempinho, com todo aquele espaço entre nós, com a diferença de que agora são apenas poucos centímetros, e recuperamos o fôlego.

– Me desculpe – ele diz.

– Não – é tudo o que eu consigo balbuciar.

– Eu queria fazer isso desde que você apareceu em minha porta para pegar seu celular.

Fogo. Faíscas. Mágica.

Ignore.

Ou melhor: adie.

– Fazer isso o quê? – eu pergunto, sorrindo.

– Te dar um beijo pra valer.

Controle-se. Explosões são tumultuadas.

– Vamos conferir a tal da festa – eu digo.

– Deveria ser uma surpresa.

Ele me beija de novo. Mas desta vez os nossos lábios mal se roçam e nossos narizes se tocam e nenhum de nós se move ou respira. O taxista pigarreia, e Seth lhe entrega o cartão de crédito sem afastar o nariz do meu.

Fora do táxi, ele pega a minha mão novamente. Aquela casa à nossa frente está cheia de gente que nunca me viu segurar a mão de ninguém exceto a de Peter. Instintivamente, eu corro o olhar em volta para rastrear a caminhonete dele, mas é claro que ela não está estacionada ali perto. Se esta festinha tivesse sido planejada para uma semana antes provavelmente seria ele a pessoa a me trazer até aqui.

Será que conheço alguém no lado interior daquelas paredes?

Fazia um tempão que eu não precisava tocar a campainha da casa de Rose. Desde a primeira vez que fui à casa dela, no sétimo ano. Tenho certeza de que todos estão espiando pelas janelas. Esperando nas sombras.

– Finja que está subindo ao palco – sugere ele. – Você ensaiou muito. Conhece o papel.

– Que papel é esse?

– Bem, eu nunca vi você nesse papel, mas imagino que Genesis Johnson demonstre surpresa ao ver que os amigos dela organizaram isso para ela. Imagino que ela vai se sentir lisonjeada e agradeça uma porção de vezes. Ela vai abraçar um montão de gente feliz por ter feito esta surpresa. Depois ela vai escapar rumo à cozinha e servir uma bebida que é forte demais, e talvez acabe desmaiando na cama de um estranho.

– Pode servir uma bebida para mim enquanto eu recebo os abraços?

– Claro que sim. E eu conheço a cama de um estranho que é o cenário ideal para o *grand finale*.

Não sei se dou risada ou me enforco de vergonha.

– Essa aí não sou eu de verdade, sabe?

– Nenhum de nós se conhece muito bem ainda, Genesis. Não se preocupe tanto.

Eu abro a porta da casa de Rose. Ainda há vestígios da decoração natalina. Eu me preparo para...

O silêncio.

Ninguém diz nada, ninguém pula do esconderijo. Eu ligo as luzes e me deparo com a sala vazia. Encaro Seth, que dá de ombros e me segue rumo à cozinha. O que diabos está acontecendo? Achei que havia descoberto isso.

– O que é isto? – eu pergunto.

– Sei lá.

Chegamos muito atrasados? Será que Rose planejou uma festa surpresa para mim e ninguém veio?

— Rose? — eu chamo. Não aguento mais.

Ela entra na cozinha com rímel escorrendo dos olhos.

— Gen. Até que enfim.

— Rose?

Os olhos delas estão vermelhos e inchados, e talvez eu seja uma babaca se ela realmente estiver chateada agora. Mas não. Eu fico tão confusa.

— O que está acontecendo, Rose?

Ela se atira em meus braços. Eu olho para Seth por cima da cabeça dela e ele encolhe os ombros novamente.

Súbito, há uma erupção de gritos e, embora eu estivesse esperando algo parecido, tenho um sobressalto que me faz cambalear e cair no chão, junto com Rose.

Rindo histericamente ela rola para o lado. Nesse meio-tempo, a multidão de vozes que acabou de gritar "Surpresa!" se aproxima devagar, e quero tapar a cabeça e me afundar no chão.

— Genesis, levante-se! Um puta feliz aniversário.

Enxergo Will. Enxergo Anjali. Enxergo Stevie. Enxergo todo o pessoal com quem sentamos na hora do almoço. Um rosto está faltando, mas acho que já estou me acostumando com isso.

— Eu sabia que você iria descobrir — diz Rose.

— Por pouco eu não descobri!

— Bem, eu sabia que você descobriria em algum momento, pois você sempre descobre. Então pensei que essa camada extra de surpresa seria divertida. Você se acha tão inteligente e na verdade não é uma festa.

Eu me levanto e dou um abraço nela.

— Obrigada, Rose.

— Não há de quê, Gen. Vamos nos divertir um pouco — diz ela, deslizando uma tiara de aniversariante em minha cabeça.

Seth me entrega um copo vermelho de plástico com gelo e um líquido cor-de-rosa. Eu bebo muito rápido.

— Calminha aí, Gen — avisa Rose. — Esta festa é para você. Você precisa ficar aqui pelo menos em parte dela.

— Está bem.

— Você pode dormir aqui também. Eu contei para a sua mãe.

Eu aperto o cotovelo de Seth.

Alguém liga a música na sala de estar atraindo parte da multidão para fora da cozinha. Will se aproxima de nós. Está usando o boné virado para trás e um moletom com a estampa de um esqueleto andando de skate.

– E aí, cara – ele saúda e faz um aceno na direção de Seth.

Seth estende a mão. Lembro que a Rose contou que Will queria bater em Seth quando me encontraram no apartamento dele. Eu só observo, esperando que Will simplesmente aperte a mão dele.

– O meu nome é Seth. Muito prazer.

Eles trocam um aperto de mãos. Eu abaixo a minha bebida.

– É, meu chapa. Me desculpe pela outra noite. Eu só estava cuidando da amiga de minha garota, sabe?

– Eu não sou sua garota – corrige Rose, por trás de um rubor não característico.

– Como queira. Você vai ser.

– E eu não sou a amiga de sua garota – eu acrescento.

– Ora, isso é verdade. Gen está mais para a minha irmã.

Preciso urgente mudar de assunto.

– Convidou Delilah, Rose?

Ela fica um pouco inquieta, mas não responde.

– Convidou?

– Convidei, Gen. Não tenho certeza se ela vai aparecer.

– Não tem certeza ou é garantido que ela não vai?

– Não tenho certeza. Sério. Vocês conversaram?

Eu balanço a cabeça. Depois volto a pegar o meu copo e olho para o gelo derretendo no líquido rosado.

– Ela pode vir. Nunca se sabe.

Isso é tão besta. Nem chegamos a discutir sobre qualquer coisa.

– Eu tenho outra pergunta besta – eu digo a Rose e puxo ela para longe dos rapazes.

Com uma voz de falsa sonoridade acadêmica, ela afirma:

– Não existem perguntas bestas, só respostas bestas. Espere, não é assim que eles falam?

– Peter está sabendo sobre esta festa? – eu pergunto com a voz baixa.

– Claro que sim, Gen. Isso foi planejado há semanas.

E agora eu bebo o líquido de meu copo. Ele não está aqui. Nem deveria estar. Isso seria muito confuso. Mas mesmo assim. Machuca. Isso estava sendo planejado ao mesmo tempo em que a nossa pequena viagem para a metrópole estava sendo planejada.

Entramos na sala e alguns dos meus colegas me induzem a entrar em seu círculo de dança. Eu entro na onda. Eu encarno o meu papel. Vejo que Seth não tem problema em conversar com estranhos. Reparo que a Vanessa não está aqui. Não que ela também devesse estar. Só estou notando. Essas ausências. Delilah. Vanessa. Peter.

Seth me olha nos olhos e se move em direção a mim, gingando os quadris e balançando os joelhos. Ele parece um boneco de animação em massinha. Nós dois colamos nossos corpos, balançando ao som da música. Sinto as pessoas olhando, surpresas. Mas eu também sou feita de massinha e estou me adaptando a um novo molde.

Anjali sorri para mim e joga o cabelo no ritmo da música. Rose e Will se juntam a nós na faixa designada como pista de dança. No aparelho de som rola o mix festivo de Rose. Dançamos uma velha canção de David Bowie. Quando ele diz: "Fashion! Turn to the left!", todo mundo obedece. Mas estou me sentindo meio sufocada. Esta sala, as pessoas. Começo a sentir o zumbido, parece que o ar na sala está se diluindo. Peço licença para ir ao banheiro, driblando o emaranhado de corpos dançantes. Seth dispara atrás de mim, mas digo que já volto.

– Traga seu traseiro de volta para cá, rápido! – diz Rose. – A dança acabou de começar.

Eu faço sinal de positivo com os dois polegares e subo as escadas.

Basta eu entrar no banheiro e a minha cabeça começa a girar. Eu me apoio na beira da pia e tento sugar o ar. A última vez que estive neste banheiro durante uma festa na casa da Rose, tudo deu errado. A camisinha arrebentou e eu só dei risada, nem me importei. Se eu tivesse prestado atenção, talvez tivesse notado que Peter se importou, sim. Estava realmente fora de seu universo fazer uma coisa dessas num banheiro. Eu o pressionei. Eu queria. Agora me cai a ficha de que ele estava nervoso. Fui eu quem jogou tudo para o vento e quis embarcar naquilo, quem ignorou todo e qualquer problema real que pudesse estar acontecendo.

Tipo basicamente esconder o relacionamento da mãe dele.

Tipo ter medo de ser quem realmente éramos.

Mas era realmente tão ruim assim? Ruim o suficiente para jogar tudo pela janela sem qualquer conversa, sem um beijo de despedida?

Agora neste instante não posso perder a compostura. Esta é a minha festa de aniversário. Estou aqui para me divertir. Com as pessoas que me amam e se importam comigo.

Eu me olho no espelho e arranco a ridícula tiara. Faço uma concha com as mãos e bebo água da torneira, enxugo a boca e saio.

Seth está me esperando lá fora.

— Você me seguiu.

Ele acena positivamente com a cabeça.

— Obrigada, Seth.

— Tem que parar de me agradecer.

Num piscar de olhos, ele está me beijando outra vez. Consigo respirar neste beijo. É do tipo flutuante, não do tipo queda brusca.

— Ei, arranjem um quarto! – alguém grita lá de baixo.

— Desce aqui, Gen!

Eu pulo nas costas de Seth e ele desce as escadas saltitante, rindo e quase caindo várias vezes, mas sempre me segurando firme. Ele recomeça a dancinha do joelho bobo, e eu imploro para que ele me ponha no chão e todo mundo ri e dança, e enfim estou me permitindo entrar na diversão, enfim aceitando a tranquilidade de curtir bons momentos. Simplesmente dançar, balançar, beijar e dar risadas. Nunca antes eu tive uma festa de aniversário tão divertida.

Até que a campainha toca.

Stevie vai ver quem é, com todo mundo gritando e rindo.

E daí, parado no vão da porta, claro como o dia:

Peter.

Não insira nada

É uma daquelas cenas. Uma daquelas cenas de filme. Em que a música é interrompida e de repente todo mundo olha para você. Com a exceção de que a música continuou e eu pulo das costas de Seth, e sei que reconheço aquela pessoa na porta, e sei que só transcorreram poucos dias, mas ele é um estranho. Seu rosto cai sobre o crânio, de pura tristeza ou confusão, ou talvez ele tenha envelhecido uns cem anos.

Eu olho para Rose, torcendo para que ela possa intervir. Mas ela também está travada. Todos estamos travados.

Ninguém intervém.

Só fico ali encarando o que está bem na minha frente.

Isso é uma invasão. Isso não é justo. Ele não pode simplesmente aparecer quando dá na telha. Ele não pode.

Ninguém fala nada, e ainda desejo que a música fosse interrompida. Música pop não combina muito bem com a cena. Mas que idiota vai baixar a música? É óbvio demais.

Por isso eu mesma desligo.

E a sala é tomada pelo silêncio.

Seth toca em meu braço. Isso é tão patético. Ele não deveria estar envolvido nisso. O que ele está fazendo aqui?

E por "ele", acho que eu me refiro aos dois.

Peter entra na sala de estar. Ele não parece apenas velho, ele parece assustado. Sua confiança habitual drenada por uma sala cheia de pessoas que estão do meu lado. Embora nem saibam por que deveriam estar do meu lado. E, de qualquer forma, por que é que tem que haver lados?

Eu deveria odiar esta pessoa em pé na minha frente?

Não consigo nutrir ódio algum.

Sei que esse sentimento está em mim em algum lugar, mas não quer sair.

O ódio tornaria as coisas bem mais fáceis agora.

Eu olho para o Seth e sussurro: *Me desculpe*.

Não sei por que eu pedi desculpas.

Eu odeio isso.

Eu odeio tudo isso.

Súbito, Rose quebra nosso estupor coletivo.

– Está de sacanagem comigo?

Rose dá um passo à frente, escoltada por Seth. Talvez tenha ficado uma marca em minha carne onde estava a mão dele.

– Esta não é a hora, Peter – eu digo, mas também dou um passo em direção a ele.

Ele estende a mão para tocar meu rosto, e estremeço lá de um lugar profundo, enterrado, submerso, morto.

– Não.

Às vezes, um *"não"* é só da boca para fora.

– Gen, eu realmente ferrei com tudo.

– Não me diga que ferrou com tudo.

Essa foi a Rose. Ela não está aturando isto. Eu tenho a impressão de nadar em mel invisível.

– O que você está fazendo aqui? Não pode fazer isto. Você não pode aparecer assim, num estalar de dedos. Não é assim que funciona.

– Rose, eu consigo resolver isto.

– Então resolva. – Ela se vira para Peter. – Qual parte de seus atos na semana passada fez você pensar que ainda está convidado? Fala sério.

– Eu sei. Mas é o seu aniversário e... Gen.

Estou balançando a cabeça. Estou balançando a cabeça e quero fechar meus olhos e fazer ele ir embora. Aqui está ele, em carne e osso, a pessoa Peter Sage. Meu namorado? Nem terminamos oficialmente ainda. Eu me refiro a uma conversa e tudo o mais.

Eu olho de novo para Rose. Depois para Peter. Para todos os lugares, menos para Seth.

– Vamos conversar lá fora.

Ele assente, e saio sem olhar para ninguém. Sei que Rose está me picando em pedacinhos com seu olhar. Não sei o que Seth está pensando, fazendo ou sentindo. Sei que não vou voltar para essa festa, mas não sei por quê.

Chegamos à porta da frente e eu me viro para dar uma última olhada na sala. Apenas um vislumbre.

E tenho a sensação de estar me estilhaçando.

•••

Sento-me no banco do carona da caminhonete, e Peter dirige, e ainda não falamos nada desde que saímos da festa. Neste exato instante, estou fazendo a coisa errada para mim, mas não consigo parar. Fiquei com tanta saudade dele. Eu queria ser mais forte do que isso. Eu queria me lançar na nova trajetória, mas essa ainda não acabou. O pano ainda não caiu. Ou faço isso agora ou tenho que reabrir as cortinas para o Segundo Ato. Ou já estamos no Terceiro Ato?

ATO III

Cena 1

Peter Reaparece em Minha Vida.
Passado e Presente se Mesclam.
Chega de Olhar para Trás.
O que a Rose está falando com Seth agora?

A caminhonete reduz e estamos de volta. Ao nosso local. Nosso mirante secreto. Eu sabia exatamente aonde ele me levaria. Lá embaixo, o oceano está negro e sem fim. O céu está coberto por uma espessa nuvem escura, ocultando as estrelas. Tudo está escuro. Tudo.

Após estacionar, ainda não falamos. Mas estamos nos beijando. Estamos nos beijando porque isso significa que não precisamos falar. Seus lábios estão frios e pretos e estou me sufocando em sua boca. Mas continuo beijando ele. Beijando ele e chorando e beijando ele e me esforçando muito para me sentir próxima a ele outra vez.

– Senti a sua falta, Genesis.

– O quanto isto é real? Como você está me dizendo que sente a minha falta?

Ele não responde nada. Choramos abraçados.

– Foi você que se afastou. Foi *você*.

Mas também me afastei. Quando nos afastamos um do outro? Sem dúvida foi antes da clínica. Não houve um momento. Foi uma tristeza gradual insidiosa que vem tão devagar e nos devora pela metade antes que a gente perceba. É mais fácil culpar um momento.

É mais fácil beijar em vez de falar.

É mais fácil deixar passar.

Conseguimos consertar isso? Será que devemos?

Se houvesse mais luz, eu poderia ver suas bochechas corando de sangue quente e vermelho, ou empalidecendo. Se houvesse mais luz, eu poderia ler o semblante dele, ler confusão, ou tristeza, ou alívio, ou o que for que ele esteja sentindo, mas não consigo. E estou sufocando no breu. Falta de luz. Falta de entendimento.

— Por que você me deixou?

— Eu disse que a deixaria se você fosse em frente com aquilo — ele diz.

Isso racha o meu peito e libera algo selvagem.

— Cale a sua boca. Só cale a sua boca.

— É verdade! Eu te avisei!

— Mas nós tomamos a decisão juntos.

— Você tomou a decisão, Gen. Eu concordei em deixá-la decidir.

— Então por que você apareceu de manhã? Por que você me levou até lá? Por quê?

— Eu queria estar com você. Eu queria. E daí eu não sabia mais como fazer. Foi a pior coisa que eu já fiz.

Dou um grito. Meu grito sobe até a lua que hoje está oculta. Grito para que ele cale a boca cale a boca cale a boca. E então ele me abraça e me aperta tão forte e fico repetindo *não* sem parar até emitir meros sussurros. O cheiro dele é tão familiar. Ele sabe como me abraçar. Sabe como acalmar toda a minha raiva. É tão simples quanto um murmúrio em meu ouvido e um corpo forte e sólido que diz "caia". Caia em mim e me deixe te apoiar. É o melhor lugar para se estar. E eu quase perdi isso. Quase o perdi.

— Eu não consegui fazer aquilo. Eu não pensava que ia conseguir.

Sei que ele me avisou. Sei que ele me contou tudo. Sei que ele ficou comigo, mesmo sem a aprovação da mãe dele. Mesmo quando havia tanta coisa a perder.

— Eu sinto tanto a sua falta, Genesis. Eu cometi um erro tão grande. Você é minha garota eternidade. Você é minha eternidade. Sei por que você precisou fazer isso. Sei que foi por nossa eternidade.

— Foi por nós. Não é o momento certo. Simplesmente não é.

Tudo no rosto dele está virado para baixo. Nunca o vi com uma expressão tão triste.

— Coloquei tudo a perder, Genesis. Sinto muito.

— Não faça isso comigo agora.

Então nos beijamos de novo e a boca dele não é um buraco negro. Está mais macia. Mais segura. Ele recua, se apruma e fala:

— Você estava lá com um cara?

– Peter.
– Estava?

Ajeito o cabelo para trás das orelhas.

– Sim, eu estava.
– Genesis, a gente nem acabou o nosso namoro ainda.
– Do que é que você está falando? Claro que acabamos. Ou para ser mais exata: você me deixou. Não pode fugir desse jeito e esperar que eu fique.
– Nunca quis deixá-la.
– Mas você me deixou.
– Sim.
– O que você está falando agora? Que quer ficar comigo?
– Estou contigo.

Por que ele está dizendo tudo que eu queria que ele me dissesse três dias atrás? Será que algum líquido onírico em que mergulhamos na casa de Rose inundou as rodovias escuras de Nova Jersey? Será que simplesmente fomos expelidos para o nosso lugar seguro?

Estou prestes a acordar sem saber onde estou?

Ficamos ali, em meio ao silêncio denso, por um tempo astronômico, deixando tudo sedimentar. Tudo se amalgamar.

– Tenho que ir embora daqui – eu digo.
– Onde é que eu posso levar você?

Não consigo encarar a festa, a desfeita com todo mundo lá. Então murmuro apenas:

– Pra casa.

Peter dá a partida. Repouso minha cabeça no vidro frio enquanto penetramos na dinâmica escuridão.

Olho para o relógio.

Meia-noite.

Agora é realmente o meu aniversário.

ATO IV

Cena 1

(Esta cena acontece na sala de exame da Planned Parenthood. GENESIS está sentada na borda da mesa de exame, vestida para o procedimento. A DOULA senta-se numa cadeira perto dela e a DOUTORA em um banquinho na frente dela.)

DOUTORA

Tem alguma última pergunta antes de começar o procedimento?

GENESIS

Não. Estou pronta.

DOUTORA

(Folheia papéis numa prancheta.)
Tem certeza de que não quer nenhum nível de sedação?

GENESIS (PARA O PÚBLICO)

O que eu quero dizer para ela é: Eu tenho certeza. Eu preciso sentir isto. Eu preciso saber que é real. Eu preciso senti-lo indo embora. Preciso sentir que estou fazendo uma escolha, e a escolha é minha. Mas apenas faço que sim com a cabeça.

(A DOULA pega a mão de GENESIS. Soa um ruído de algo vibrando.)

GENESIS

Que barulho é este?

DOUTORA

É só o aquecedor, querida. Prédio antigo.

GENESIS

Ah.

DOUTORA

Coloque os pés nos estribos, querida. E deslize a pélvis em minha direção.

> (Ela obedece.)

Preciso determinar a posição de seu útero.

> (O ruído vibrante recomeça. GENESIS fecha as pernas).

É só o aquecedor, querida. Tente relaxar, certo? Agora, vou inserir dois dedos e depois pressionar o seu abdômen.

> (Pausa.)

Tudo bem contigo, querida?

GENESIS (BAIXINHO)

Quer parar de me chamar de querida?

DOUTORA

O quê?

GENESIS

Nada.

DOUTORA

Este é o espéculo. Você pode sentir câimbras quando eu abrir o colo uterino para chegar ao seu útero.

> (GENESIS olha para o teto.)

GENESIS (PARA O PÚBLICO)

Tem uma coisa que vocês não conseguem enxergar. Tem um cartaz bem acima da minha cabeça, na minha linha de visão. Uma cena de praia tropical. Um lugar para eu estar longe daqui.

> (A DOUTORA administra a anestesia e GENESIS enterra a mão livre no papel amassado embaixo dela. A DOULA segura firme a outra mão.)

DOUTORA

Bom trabalho, querida. É normal sentir uma queimação. Deve acabar em um segundo. Daí você não vai sentir mais nada.

> (A DOUTORA empunha uma haste metálica.)

Isto aqui serve para dilatar o colo do seu útero.

> (Ela começa. GENESIS leva a mão à barriga.)

Tudo certo, querida?

(A DOUTORA tira a máscara. GENESIS faz que sim com a cabeça.)

Tem certeza? Lembre-se de que você precisa me avisar se sentir algo muito desconfortável.

GENESIS

Estou bem. Está quase no fim?

DOUTORA

Quase.

(A DOUTORA insere um tubo de plástico, e ouvimos o zumbido de uma máquina. GENESIS cantarola.)

(A máquina cessa.)

Não se preocupe.

(A DOUTORA remove o espéculo).

GENESIS

Acabou?

DOUTORA

Acabou. Leyla vai acompanhá-la até a sala de recuperação. Você vai tomar alguns antibióticos e, quando se sentir pronta, vamos repassar as instruções pós-procedimento. Daí você pode ir embora.

GENESIS

Certo.

DOUTORA

Você foi muito bem, Genesis.

(Pausa.)

Provavelmente vai ter um misto de sensações nas próximas semanas. Ninguém tem o direito de criticar o que você fez com seu próprio corpo. Só quero lembrar que hoje você fez a escolha certa para você, está bem?

GENESIS

Eu sei.

DOUTORA

Ótimo. Agora descanse. Não se apresse.

GENESIS

Obrigada.

DOUTORA

De nada. Tem alguém para acompanhá-la até em casa, certo?

GENESIS

Sim. Meu namorado. Ele está na sala de espera.

(Luzes se esvaecem até o blecaute.)

É proibido nadar

O percurso de volta à cidade é silencioso. Sem música. Sem vozes. Só o som do mundo lá fora do carro. Estamos suspensos no borrão de movimento em nossa volta. Não sei como não perdi o controle. Não sei o que me impede de explodir, mas juro que se Peter abrir a boca, se ele sequer olhar para mim, então eu posso arrebentar. Deixo a mão na maçaneta da porta.

Quero colocar toda a culpa disso em Peter, mas este momento é meu. Esta vergonha que eu sinto por deixar a festa de aniversário que Rose planejou para mim, por deixar o rapaz que pagou uma grana para me levar até lá de táxi, por não valorizar quem veio comemorar conosco, esta vergonha é toda minha. Talvez a gente se mereça.

Peter está fazendo aquele trejeito com a boca quando tenta não sorrir, mas, em vez disso, seus lábios parecem que saltam para fora. Eu costumava achar isso bonitinho.

Estou na caminhonete de Peter de novo. Meu lugar. Meu mirante.

Minha casa está escura quando chegamos. Minha mãe deve estar dormindo. Fico imaginando se ela se lembra de que é o meu aniversário. Fico imaginando se um dia ela vai sair da sua piscina de tristeza. Ela não está me esperando. Rose também providenciou isso.

Nenhum de nós sai do carro.

Este é o momento em que o palco inteiro está escuro e um fraco holofote incide sobre esses dois jovens que se apaixonaram um pelo outro, que fizeram promessas um ao outro, que não sabem que rumo devem tomar, que perderam as últimas páginas do script e agora vão ter que improvisar.

— Eu não queria ir embora. Mas avisei você que eu não ia conseguir lidar com isso.

Ele começou.

Eu continuo:

– Você realmente queria ter um filho comigo?

– Não.

– Mas percebe que isso aconteceu?

– Sim.

– Contou para sua mãe?

– Contei.

Não consigo acreditar nisso. Depois de tudo. Depois de tanto implorar para eu guardar segredo, ele contou à mãe dele?

– Ela me proibiu de voltar a falar com você.

– Ela já tentou isso antes.

– Eu sei. Mas desta vez ela falou sério.

– E você me defendeu?

– Genesis, sabe que eu também precisei tomar uma decisão difícil? Sabe que durante toda a minha vida me disseram que isso era um pecado mortal? Que é assassinato? Como se fosse a pior coisa que alguém pudesse fazer.

– E como acha que vou me sentir com esse tipo de conversa?

– Ir embora partiu meu coração, mas não consegui ficar.

– Para onde você foi?

– Para casa.

– E a sua mãe quis saber por que você não estava na escola? E você contou tudo a ela?

– Sim.

– Então ela venceu.

– Não imagina o quanto tem sido difícil para mim.

– Me desculpe. Você sabia onde estava se metendo.

– Você sempre fala isso, Genesis. Você sempre acha que ninguém pode controlar você e você é a única que enfrenta dificuldades.

– Qual é a dificuldade que você pode estar enfrentando?

– Eu amo a minha família, Gen. Talvez você não concorde com tudo o que fazemos, mas eles me criaram. Eles me *fizeram*. E você me amou por quem eu sou. Acredite ou não, essa não é uma competição entre você e a minha mãe.

– Peter, eu realmente te amo.

– Eu também te amo, Genesis. De todo o meu coração. Só fiquei com medo.

Silêncio.

– Quem me dera se eu pudesse assistir a todo o nosso relacionamento em retrospectiva e ver onde ele realmente se deteriorou – acrescentei enfim.

– Quem me dera também.

– Mas não podemos.

– Eu sei.

– Me desculpe por deixar a minha família criar obstáculos.

– Eu fiz a mesma coisa.

O amor tem que ser tão difícil assim? Sempre é?

– Eu queria que isso fosse tudo.

– Era tudo.

– Não sei como ficar sem você.

Estamos com os rostos bem juntinhos, como se estivéssemos prestes a nos beijar. Costumávamos nos beijar tão perfeitamente. O beijo perfeito, sensual, de explodir o coração. Quero acreditar que senti o amor verdadeiro. Que o nosso amor era tão verdadeiro que poderia atravessar montanhas e dividir os mares e tudo o mais.

E talvez fosse.

Nossos lábios se encontram. Porque deveriam se encontrar. E isso é um outro tipo de adeus. Do tipo que significa oi para outra coisa.

Ele me acompanha até a porta porque sempre fez isso. Porque nunca deixaria de fazê-lo. Eu quero mantê-lo aqui, me agarrar nele a noite inteira. Mas ele já está atrasado. Ficou mais tempo do que deveria.

Entramos em minha casa, e sinto um frio danado. Um silêncio, uma falta de ar. Como se tivéssemos mergulhado no abismo ao atravessar o vão da porta. A ânsia de conferir a minha mãe percorre o meu corpo. Quero lutar contra isso e aproveitar o momento com Peter. Quero que ele saiba que, às vezes, a prioridade pode ser a gente e não as nossas famílias. Mas está silencioso demais. Gélido demais.

– Tenho que dar uma olhada nela.

Ele assente.

E quando abro a porta do quarto dela e a vejo no chão e não na cama, com um frasco de comprimidos vazio ao lado dela e vômito derramado em seu peito, eu grito o mais alto que alguém pode gritar com um tsunami desabando sobre sua cabeça.

O resto se desenrola assim:

Não consigo enxergar, pois meus olhos estão cheios de lágrimas.

Não consigo falar, pois minha garganta está toda grudada.

Não consigo respirar, pois não sei se a minha mãe consegue.

Daí, TUM! Estou bombeando o peito dela como aprendemos na aula de educação física e estou soprando em sua boca. Peter chama uma ambulância e, naqueles minutos que parecem uma eternidade, eu respiro por ela e faço o coração dela bater. Não vou desistir.

– Fique aqui. Fique aqui. Fique aqui. Fique.

Para onde ela quer ir?

– Fique aqui, mamãe. Você não pode me deixar. Não pode.

Sou a respiração dela até que as sirenes assumem e as luzes e as macas e a bomba de ar e o percurso através de Point Shelley, embaçando, zunindo, fundindo-se, girando.

Chegando ao hospital, preciso deixar a equipe levá-la. Preciso deixar a equipe trabalhar nela. Nada posso fazer a partir de agora. Nada posso fazer além de esperar.

E Peter aguenta firme enquanto eu espero.

ATO V

Cena 1

Acordo com a cabeça no ombro de Peter. Estou coberta por uma fininha manta cor de vinho. O ambiente é uma sala de espera. Cheira a água sanitária e a algo doce como morango. Ele acorda comigo e me aninha em seu peito. O frio metálico do apoio de braço entre nós separa os nossos corpos.

— Ela está...?

Como eu termino essa frase?

Morta?

Viva?

Consciente?

Aliviada?

Decepcionada?

— Ela vai ficar bem, Genesis. Ela não acordou ainda, mas parece que não há danos cerebrais, insuficiência hepática ou algo assim.

Aparentemente, os médicos falaram conosco. Aparentemente, eu fiz questão de dormir aqui no hospital e não ligar para ninguém. Aparentemente, os médicos chamaram os pais de minha mãe, e eles vão chegar a qualquer momento.

Aparentemente, desta vez, quando ela despertar, ela não será liberada.

— Vamos até a cafeteria — sugere Peter.

Vou atrás dele, como se fosse tão fácil, como se fosse a única coisa que eu soubesse fazer. Peter pede um expresso para cada um. Ele pergunta se estou com fome, mas eu balanço a cabeça.

— Mesa para dois perto da janela?

Tudo bem se eu der uma risada agora? Tudo bem sorrir para o ciclo completo da vida? O riso não vem. Mas abro um sorriso.

— Já fizemos isso antes.

— O melhor primeiro encontro em que já estive.

— Peter?

— Sim?

– Muito obrigada. Apenas... Obrigada.

Ele já não aparenta mais estar com cem anos de idade. Aparenta ser alguém que eu amo. Alguém que tomou conta de mim quando eu mais precisava e que provavelmente sempre tomará. Mas também é como se eu estivesse olhando para ele através de um vidro borrado. Uma imagem imperfeita.

– O que vai acontecer agora?

– Não sei.

– Não posso mais fazer isso, Peter.

Seis palavras. Seis palavras que não soam duras ou frias. Seis palavras que servem para nós dois.

– Quem me dera eu pudesse apagar o que eu fiz para você.

– Não tem a ver com isso.

Não podemos deletar isso. Mas, de algum modo, precisávamos disso. De algum modo, nos impulsionou, alterou nosso curso, nos fez enxergar as coisas com clareza.

– Vou estar aqui se você precisar de alguma coisa – ele diz para mim.

– Sei disso.

– É isso?

Acho que nós dois fizemos essa pergunta ao mesmo tempo. Acho que talvez a gente ajudou um ao outro e magoou um ao outro e precisou um do outro, mas temos que nos desvencilhar. Eu precisei dele. Eu sobrevivi por causa dele.

Penso em beijá-lo. O beijo de adeus. O final perfeito. Aqui.

Ele se inclina, mas eu ponho dois dedos em sua boca. Acabou. Lágrimas centelham em seu olhar, e ele engole em seco.

– Vou ficar bem – eu digo.

– Eu sei disso... Só tenho uma pergunta para ti.

– Manda.

– É maior que um porta-pão?

Deixo escapar uma risada com um gorgolejo. O jogo das vinte perguntas. A gente se abraça mais uma vez. Por um tempo um pouquinho longo demais.

Depois eu o observo indo embora.

Os nossos cafés ficam intactos, com os últimos vestígios de vapor flutuando sobre o líquido negro.

ATO V

Cena 2

De volta à sala de espera, a minha irmã corre para me abraçar. Somos todas braços e lágrimas. Ally é a pessoa que todo mundo queria proteger mais. A menininha que nunca sabia o que estava acontecendo. A menininha que nunca entenderia. Agora, ela nem tem a mesma idade que eu tinha quando meu pai morreu, mas já sabe bem mais do que eu jamais soube. O abraço termina, mas eu fico segurando a mão dela.

Meus avós também estão ali. Fazem um gesto para sentarmos com eles.

Minha irmã solta a minha mão. Eu me sento a dois lugares deles.

– Tudo bem contigo, Genesis? – minha vó pergunta.

Lá vamos nós de novo com essa pergunta. Talvez tudo que aconteceu ainda não me caiu a ficha. Sou ótima em resposta retardada, ao que parece. Tudo bem contigo? Está tudo bem me sentir bem quando é este o resumo da semana passada:

Aborto;

Rompimento de namoro;

Tentativa de suicídio;

Novo rompimento de namoro.

E em meio a isso tudo eu ter conhecido outro cara? Que universo é este? Onde foi que eu desembarquei?

– Ela deixou um bilhete, querida – revela a minha avó. Eu nem sequer pensei na possibilidade.

– Cadê ele?

Tenho que controlar o impulso de me levantar.

– A polícia está com ele agora.

Polícia. Havia policiais ontem à noite. Fazendo um montão de perguntas. Coletando todos os detalhes. Mas não havia muitos detalhes ontem à noite. Só instintos.

– O que dizia nele?

Ela baixa o olhar. Baixa baixa baixa o olhar para o colo dela e começa a tremer e a puxar a gola do suéter até tapar as faces. Está lutando contra alguma coisa. Lutando contra algo em si mesma que parece estar tentando abrir caminho para sair dela enquanto ela se contorce e se repuxa. Meu avô pega a mão dela com uma das mãos e com a outra envolve as costas dela. Ele a segura até que ela pare. Eu seguro minhas lágrimas na garganta. Ally se ajoelha no chão e enterra a cabeça em meu colo.

– Quando você ler o bilhete, se você o ler, quero que você saiba de uma coisa. Que nada disso é culpa sua. Nada disso.

– O que dizia nele?

– Não é culpa sua, Genesis.

Ally envolve minhas pernas com seus braços. Ela ergue o olhar para mim, o queixo em meus joelhos, os olhos bem abertos.

– Ela disse que desta vez você estaria pronta para assumir as coisas. Desta vez você não precisaria tanto dela.

"Desta vez".

A vovó acabou de falar o que nenhum de nós havia falado. Nunca. O que todos nós guardávamos a sete chaves.

"Desta vez" significa que houve uma outra vez.

E todo mundo sabia disso.

– A primeira vez que ela foi para o hospital, deveríamos tê-la encaminhado à ajuda de que ela precisava então. Você era muito jovem. A responsabilidade não deveria ter sido sua.

Os olhos cinzentos da vovó estão vermelhos e há maquiagem escorrendo pelas rugas de sua pele até a ponta do nariz.

– Ela precisava de mim.

– E você precisava de nós. Mais. Nós pressionamos para tirá-la da ala psiquiátrica. Talvez cedo demais. Para proteger vocês, fingimos que se tratava de outra coisa.

Sinto vontade de sair. Não pela direita do palco. Não pela esquerda do palco. Sair em linha reta e atravessar a plateia, ganhar a rua para respirar e deixar a luz do sol bater em mim e me lembrar de que às vezes você pode desrespeitar o script. Às vezes, é preciso. Mas preciso estar aqui agora, nele. Até o fim.

Desde o início, o script tem sido: não foi tentativa de suicídio, não foi tentativa de suicídio, foi reação adversa aos medicamentos. Ela não queria nos deixar, mas ainda tínhamos que lutar para mantê-la.

– É culpa nossa. Nós a abandonamos tantas vezes...

Ela se engasga com as palavras.

Ally continua de joelhos no chão. Escutando. Esperando.

– Vovó – eu digo.

– Tantas vezes. Cometemos tantos erros.

Uma parte de minha severa avó se derreteu e tudo que eu vejo é o coração dela. Um coração gigante, chorando e sangrando na sala de espera.

– Quando ela estava grávida de você, Gen. Poderíamos ter ajudado na época. Sabe-se lá como as coisas teriam sido diferentes. Em todos os sentidos.

Eu tento engolir, mas não há saliva, só ar.

Então eu deixo essas palavras sedimentarem ao nosso redor.

•••

Quando enfim chega o médico, horas mais tarde, estamos todos dormindo. Delilah está ali agora, e tia Kayla, e a mãe de Will, Brenda. Todos saltamos num pulo. Todos despertamos. Sentimos um formigamento na pele de tanta ansiedade.

Ela está acordada.

E ela quer me ver.

ATO V

Cena 3

O coração da minha mãe está batendo. Posso ouvi-lo no monitor. Os braços dela estão machucados de todas as vezes que derramaram sangue. O seu corpo está cheio de carvão para absorver o veneno. Ela está respirando por conta própria. Não pode se alimentar, mas está recebendo soro na veia.

Eu afasto o cabelo de seus olhos, e ela abre as pálpebras. Quando me vê, eu percebo que ela murcha. Já vi filmes em que as pessoas sobem na cama com alguém no hospital e isso é tudo que eu quero fazer. Pressionar o seu corpo frágil contra o meu. Juntar os nossos batimentos cardíacos. Mas não faço isso. Acaricio o cabelo dela, e também deixo minhas lágrimas escorrerem sobre ela, como se eu estivesse sobre o seu caixão.

– Mamãe.
– Gen Gen.
– Oi.

Ela sorri, mas o resultado é uma cara feia. Vejo a dor pulsando em sua pele.

Ela fecha os olhos.

Ao abrir, ela diz:
– O tempo todo eu sinto a presença dele.

Meu pai.
– Mamãe.
– É verdade. E sinto tantas saudades dele.
– Eu sei. Eu também sinto.

Ela faz que sim com a cabeça, fechando os olhos de novo.

Não sei até onde ela consegue suportar agora. Não sei até onde eu consigo suportar. Tenho vontade de contar tudo a ela. Sobre aonde ele me levou recentemente. Quando eu olho para minha mãe pequenina, roxa, tudo o que eu realmente quero é que ela fique bem. Quero que ela respire e supere e reaja. Quero que ela me veja no palco. Quero mostrar a ela como virar a página. Não quero me esquecer de meu pai, mas quero que ela sinta que tudo vai ficar bem. E de algum modo eu penso que estive em curso de colisão aqui, e talvez eu seja capaz de ajudar. Desta vez, de um jeito diferente.

Por isso, eu me sento com ela, e seguro a mão dela, e a observo dormir. Quando Ally entra, nós duas subimos na cama com ela. Não tem espaço suficiente, mas ninguém se importa. De novo eu presto atenção no bip, bip, bip do coração dela.

Leia com cuidado todas as instruções pós-procedimento

No dia seguinte, eu pego uma carona com Delilah para Nova York. Tento cancelar minha primeira passagem de texto para ficar com a minha mãe, mas Delilah não quer nem ouvir falar nisso.

Não tenho notícias de Seth desde o dia em que saí da festa. Não tem como ele saber o que aconteceu comigo desde a última vez que nos vimos. Agora eu já completei 18 anos. Com tudo o que aconteceu, isso parece o menos emocionante. Rose e eu estamos trocando mensagens. Ela queria ir ao hospital, mas pedi para ela esperar.

Delilah encosta numa parada de ônibus para eu desembarcar. Nós duas falamos, ao mesmo tempo:

– Olha...

Daí nós duas falamos:

– Me desculpe...

Eu digo, sozinha:

– Por que *você* está pedindo desculpas?

– Eu tive uma reação desproporcional naquela noite. E depois eu não perdoei. E depois eu... não estava lá quando você precisou de mim.

Ela se engasga na última parte da frase.

– Del, naquela festa, eu agi como uma idiota imprudente e completa. Você tem todo o direito de estar chateada comigo. Sei que você ficou preocupada.

– Não sei, Gen. É que tudo aquilo parece tão insignificante agora, depois de tudo.

– Os seus sentimentos não têm nada de insignificante.

– Eu sei disso. Mas eu ao menos deveria ter entrado em contato. E não deveria ter perdido seu aniversário.

– Eu não me importo com isso.

– Parece ridículo falar nisso agora, mas naquela noite eu estava mesmo animada com uma coisa. Algo que eu realmente queria contar a você. E daí aquela confusão varreu tudo, e você nem me perguntou como eu estava.

– Sou uma babaca total.

– Você não é babaca.

– Eu tenho agido bastante como uma ultimamente.

– Isso é verdade.

Nós duas deixamos escapar uma risadinha.

– E também, num piscar de olhos, primeiro você aparece e depois some lá em meu dormitório. Nem ao menos deixou um bilhete quando saiu. Ou me enviou uma mensagem de texto. Eu não tinha ideia do que estava acontecendo.

– Foi uma semana complicada.

– Eu sei.

Olho pela janela do carro e noto alguém recolhendo uma liquidação de garagem – guardando discos, jaquetas, frascos de perfume e um quadro duma flor num vaso.

– Então, qual é?

– Como?

– A boa notícia. Conta, vai. – E, depois, acrescento: – Eu preciso saber.

O rosto dela muda; as nuvens se dissipam.

– Bem, um poema meu será publicado.

– O quê?! Isso é tão empolgante!

– Vai ser no jornal literário do colégio, mas é um bom começo para uma caloura. Mas parece estúpido falar isso. Definitivamente, não valia a pena ficar tão brava com você por esse motivo.

– É uma coisa importante, sim. Vou querer seu autógrafo na minha cópia, por favor.

Delilah sorri.

– Sinto muito, Del. Sei que damos um trabalhão para você. Acho que só me resta agradecer.

Tem mais coisas para falar. Mas, ao mesmo tempo, às vezes, é melhor expressar as palavras por meio de olhares, gestos e toques, e percebo olhando para ela que o nosso relacionamento está de volta aos trilhos.

– Nós vamos fazer melhor desta vez.

– Nós vamos.

– Ela vai.

– Ela vai.

– Amo você, prima.

Eu abraço Delilah e salto do carro quando um ônibus para atrás de nós. Eu a observo se afastando até a próxima esquina e virando à esquerda, sumindo de vista. O vento fustiga e me lembra de que preciso andar.

Agora, para o teatro. Tenho que pensar que este bairro não tirou a vida dele, mas sim o fazia sentir-se vivo. Sim, aqui é onde meu pai vinha passar várias semanas a fio, nos deixando para trás. Onde ele vinha e tinha suas recaídas. Onde ele veio quando teve a última recaída. Mas aqui existia algo de que ele precisava, algo que ele ansiava.

Deixo o meu corpo se embeber no sol de inverno enquanto ando. Tudo parece mais calmo. Os táxis não estão buzinando uns para os outros. Com o anoitecer, os prédios em construção interromperam o trabalho. Todo mundo está calmo.

Seth e eu chegamos à base da escada metálica preta ao mesmo tempo. Sua boca faz uma curva e ele esconde o sorriso, com as mãos nos bolsos.

– E aí.

– E aí.

– Feliz aniversário.

– Foi ontem.

– Eu sei.

Pausa. Deixamos a conversa cair no frio concreto a nossos pés.

Então ele retoma o fio da meada.

– Passei o dia inteiro querendo te ligar, mas também queria garantir que você tivesse seu espaço para sacar as coisas.

Pausa.

– Você conseguiu?

– Consegui o quê?

– Sacar as coisas.

– Ah, cara. Sim? Não? Quem sabe, talvez?

– Sei como é.

– Mas se você quer dizer com aquele cara que apareceu, então, a resposta é sim. Enfim eu saquei ele fora.

– Fico contente.

– Me desculpe por te envolver nisso.

– Nada de que eu não consiga dar conta.

Penso em comentar que ele nunca vai saber tudo o que eu passei, ou nunca vai ser capaz de dar conta de mim, mas desisto. Eu também nunca vou saber pelo que ele passou a menos que eu pergunte. E ele nunca vai saber a menos que eu compartilhe com ele.

– Só o tempo dirá – é o que acabo falando em vez disso. Meus olhos se enchem de lágrimas. Acidentalmente.

Nossos olhares se cruzam, e então ele envolve os braços a meu redor, me segurando até eu parar de chorar. Até eu conseguir respirar.

– Espero que sim – ele murmura ao me largar. – Mas a sua festa estava um porre.

– Com certeza. – Eu dou uma risada. Suave. – Mas talvez tenha sido ela que me trouxe aqui.

– Talvez. – Ele faz uma pausa e olha para o céu. O singelo azul do céu. Depois bem em meus olhos. – Está pronta para isso?

– Estou.

Enquanto subimos os degraus, ele toca em minha mão, sem pegá-la.

Lá dentro tem uma mesa arrumada no meio do salão em que fizemos o teste. Sentamos lado a lado e observamos em silêncio os outros lugares à mesa sendo preenchidos. Toby chega, e depois a garota bonita com quem Seth fez o teste. A outra menina adolescente entra e sorri para mim.

– Eles me deixaram entrar na trupe – diz ela.

– Legal, é onde estou também – diz Seth e faz um "bate aqui" com ela.

Quando todos estão ali, Casper Maguire e a Dama de Fogo, cujo nome real é Melina, entram juntos. Melina me olha com aqueles olhos mordazes, cor de violeta, e eu continuo imaginando o que ela tem a me contar sobre o passado, mas eu acho que tenho tempo para descobrir.

– Obrigado por terem vindo – começa Casper. A voz dele é baixa e suave. – Não gosto de fazer discursos para dar o pontapé inicial. Não vamos fazer um círculo e cada um vai contar algo engraçadinho sobre si mesmo. Vamos nos atirar de cabeça no trabalho. Nas próximas quatro semanas, seus corações e almas pertencem a este script e a estes personagens. Talvez eu nem fique sabendo seus nomes verdadeiros. Estão prontos?

Casper olha diretamente para mim, incendiando o meu rosto, e parece que as lágrimas estão prestes a ressurgir. Mas eu aguento firme, e elas não vêm. E ele diz:

– Tudo bem contigo?

Eu não deveria estar.

E isso não vem com nenhuma garantia.

Mas, até que enfim, a resposta é sim.

EPÍLOGO
Consulta de acompanhamento

Eu me dobro sobre mim mesma e solto os braços, balançando-os ao redor. Enquanto inspiro, eu lentamente me ergo, uma vértebra de cada vez, com os olhos fechados. O resto do elenco se dobra e se alonga e respira, mas estamos todos calados. Já aquecemos as nossas vozes. Já decoramos as falas, o bloqueio, a dinâmica do personagem. Já suamos e sangramos neste script e agora estamos prontos para apresentá-lo ao mundo.

Os sons da plateia são bloqueados através das espessas cortinas de veludo. Repito minhas falas mentalmente. Deixo a personagem de Gwendolyn preencher o espaço dentro de minha pele.

Seth aperta a minha mão e sussurra:

– Você tira de letra.

Em seguida ele dá um beijo breve e doce em minha bochecha.

– Em seus lugares – avisa a gerente de palco.

Seth larga a minha mão, e eu caminho rumo ao palco escuro ao abrir das cortinas.

Sou a primeira pessoa que eles vão ver.

Fico em pé no palco, olhando para a escuridão e esperando as vozes na plateia se acalmarem. Eles são um borrão de sombras, mas sei quem está lá sentado e quem vai estar me esperando após cair o pano. E eu não estaria aqui sem ela. Sem todos eles.

Respiro fundo outra vez.

As luzes se acendem.

facebook/novoseculoeditora
@novoseculoeditora
@NovoSeculo
novo século editora

fonte
arno pro | beach society | myriad pro

gruponovoseculo.com.br